随笔

分手的理由

風のように・別れた理由

[日] 渡边淳一 著

时卫国 译

青岛出版集团 | 青岛出版社

图书在版编目（CIP）数据

分手的理由 /（日）渡边淳一著；时卫国译. —— 青岛：青岛出版社, 2023.1
ISBN 978-7-5736-0660-0

Ⅰ. ①分… Ⅱ. ①渡… ②时… Ⅲ. ①随笔—作品集—日本—现代 Ⅳ. ① I313.65

中国版本图书馆 CIP 数据核字（2022）第 235610 号

風のように　別れた理由 by 渡辺淳一
Copyright©1998 by 渡辺淳一
Simplified Chinese edition copyright©2023 by Qingdao Publishing House Co., Ltd.
This edition arranged through Chuzai International Co., Ltd.
All rights reserved.
简体中文版通过渡边淳一继承人经由中财国际株式会社授权出版
山东省版权局著作权合同登记号　图字：15-2017-237 号

		FENSHOU DE LIYOU
书	名	分手的理由
著	者	[日]渡边淳一
译	者	时卫国
出 版 发 行		青岛出版社
社	址	青岛市崂山区海尔路 182 号（266061）
本 社 网 址		http://www.qdpub.com
邮 购 电 话		0532-68068091
策	划	杨成舜
责 任 编 辑		霍芳芳
特 约 编 辑		张庆梅
封 面 设 计		光合时代
照	排	青岛可视文化传媒有限公司
印	刷	青岛双星华信印刷有限公司
出 版 日 期		2023 年 1 月第 1 版　2023 年 1 月第 1 次印刷
开	本	32 开（889mm×1194mm）
印	张	6.75
字	数	140 千
印	数	1—5000
书	号	ISBN 978-7-5736-0660-0
定	价	39.00 元

编校印装质量、盗版监督服务电话　4006532017　0532-68068050
本书建议陈列类别：日本・畅销・随笔

译者前言

本作品集主要由渡边淳一先生于一九九六年六月至一九九七年十二月发表在《周刊现代》上的随笔汇集而成。创作期间,恰逢其代表作《失乐园》在日本社会引发强烈反响,成为街谈巷议的话题,并因过多的性描写而饱受争议。根据同名小说改编的电影上映后,更是引起人们的高度关注。且"失乐园"一词在该年度获得"流行语大奖"。小说中的人物处理以及电影演员的遴选在本作品集中也有所涉及,因而书中相关篇目可成为全面了解《失乐园》的一个窗口。

文中,作者重点阐述了社会养老、医疗环境、婚姻生活、风俗习惯、作品创作等领域存在的问题,从作家的立场审视人生、社会、文化和环境,并针对婚姻、恋爱、医疗、养老、教育、犯罪等问题展开了独特的观察和周到的诠释。其涉猎之广、分析之深、关联之博、论述之详,为同时代作家所罕见。其对现实生活的洞察与思考、剖析与探寻,均显示出作者对人生和社会的考量,并引领读者关注现实、一起思考。

在新时代,年轻人的婚姻观念发生了重大变化。他们有的将婚姻视为儿戏,因一点儿琐事就闹翻。分手的缘由也形形色色,有思想观念问题,也有生活习惯问题,还有性的问题,等等,不一而足。有的婚后为一件微不足道的小事儿而离异,有的妻子竟因丈夫每天按时回家而与其分道扬镳……新婚夫妻在激情消退后,婚姻生活凸显苍白,会感到生活乏味。丈夫按时回家,反倒引起妻子的反感,这似乎令人难以理解。如今年轻人想得开,习惯于从个人立场出发,不怎么考虑对方的感受,更不在乎别人的议论,婚姻生活较为艰难。

在日本,绝大多数年轻母亲为了工作,会把孩子寄送到托幼机构。据说人的情绪、感性等与心理有关的东西会在五岁左右基本形成,如要改变这一阶段形成的精神电路,则需要投入几百倍,甚至几千倍的训练或教育。幼儿教育至关重要,托幼机构的老师的责任也极为重大。然而,这些人的薪酬待遇较低,社会地位也不高,可以说这有点矛盾。

孩子学习分两种类型:一种反应敏锐、不求甚解,另一种接受缓慢、认真扎实。现在的偏差值教育认为前者更好。然而,日后创造性卓越、取得重大业绩的人却以后者居多。如提出万有引力定律的牛顿,改良蒸汽机的瓦特,发明同步发报机的爱迪生等。由此可以看出,这两种类型各有长短。

日本是长寿之国,人的平均寿命已超过八十岁,受到了国际社会的广泛关注。与之同步,日本老人的医疗费却在猛增,特别是七十岁以上高龄者的医疗费,占到了全部医疗费的百分之三十点七,据推算,二〇二五年这一数值将会达到约百分之五十。老人的医疗费之所以如此之高,一是因为老年人口数量增加,二是因为老人自我负担的医疗费比例偏低,三是因为医院会没完没了地进行过度医疗。过度医疗使丧失机能的老人更加衰弱和痛苦,让濒于死亡的生命勉强得以维系。

现代医学虽然发达,但也有若干难解课题。譬如同一种治疗方法,因治疗对象不同会出现疗效迥异的现象。医生对患者的病情不易了解透彻,特别是疑难杂症,需要医生反复摸索、刻苦钻研才能取得疗效。从患者的角度来考虑,如某医生的治疗未见好转,就应多找几位医生诊察,或多去几家医院诊治,以求得明确的诊断和较好的疗效。这需要医患双方紧密配合。作者建议现阶段采用多种治疗方法,以抵消个体差异性,不应将一种治疗方法一贯到底。

日本是个环境卫生条件较好的国家,医疗设施齐全,自然环境优美。然而,环境与疾病似乎保持着某种平衡,不管多么干净,都会有新菌种出现。作者认为,与其采取各种手段大量除菌,倒不如和病菌"和谐相处"。也就是说,不讲卫生不行,过度讲究也不行,维护好人类与病菌的平衡非常重要。

作者常去各地演讲,有时会遭到中年妇女当面质问:"您为什么总写婚外恋呢?"作者为此感到困惑,每每难以作答。作者并非爱写婚外恋,而是因为在恋爱小说中,婚外恋是逃不掉的主题之一。当然,婚内夫妻并非没有激情燃烧的爱,但这样的爱有时不会太过持久。虽说婚姻中的爱可以得到法律的保护,有一定的确认感和安全感,但当两人进入婚姻生活、朝夕相处后,彼此的爱会慢慢降温,甚至会随着时光流逝而逐渐淡去。

世上若干夫妻未必真正相爱。男女千差万别,除了生理和心理有着天然的区别外,因成长环境、人生目标和价值观不同,所以为人处世也不尽相同。双方融洽时,可相互吸引。而一旦出现问题,这些差异就会凸显出来,令双方怅然叹息。夫妻相处之道就是妥协,甚至是妥协再妥协,实在无法妥协时会选择分手。在相爱或相恋期间,两人之间就像隔着一层糯米纸,当糯米纸脱落,发生什么纠纷时,双方就可能会后退到互不理解的陌生人阶段。

现在产的橘子与以前大不相同。以前的橘子皮较厚,用指头一剥就能剥掉皮。现在的橘子皮虽薄,却很难剥掉。橘子皮上的疖子令人害怕,因为它跟人的癌症肿块很相似。癌症肿块的特征是通常质地比较坚硬,边界不清晰,容易与周围组织粘连在一起。而橘子上的疖子也是如此,皮和果肉紧密粘连,不易分离。作者担心:疖子的孔里会不会被毒虫蜇进了毒呢?这种担心看似多余,其实源于作家对事物的敏感和细致入微的观察。

近期,女生考入东京大学的比例有所上升,占新生总人数的五分之一。媒体对女生增多感到惊讶,作者则认为女生仅占五分之一,还是偏少。何以有如此大的认知偏差?作者认为根由源自人们常年对东大的过高评价,误认为东大只让超级聪明的特优生进校。恰恰男人的自尊心又强,他们认为男生普遍比女生聪明。这就容易使人产生一种错觉:东大学生基本上是男性。而作者认为:与男性相比,女性做学问的环境和条件并不完备,并非因为女性脑子笨,而是现有的社会条件降低了女性的合格率。只要条件改善,女性的合格率自然就会增长。就性别而言,男性在某些方面往往赢不了女性。且不说生命力持久,就是对疾病、寒冷的承受力,女性也往往强于男性。早年的社会束缚女性的发展,如今枷锁已被消除,广大女性已走向社会,有的还在社会中担当着重要角色。东大的女生增加是一种必然趋势,不应对女性持有偏见。

小说《失乐园》被改编为电影在某市上映时,曾因部分市民的强烈反对而被迫停映。反对者是为数较少的大婶们,理由是对青少年的教育影响不好。该市主管部门因胆小怕事而紧急叫停了上映。媒体也借机炒作,仿佛妖魔来袭。事实上,影片在东京上映时,观众以女性为多,恋人和上年纪的夫妻也不少。影片中的性描写虽多,但其本身符合现实,是人自然而然的行为,而且审美价值高。而"歇斯底里的大婶们"则坚决抵制,一时间闹得满城风雨。作者则认为如果连这种程度的电影都不能上映,那么讲述男女关系的所有电影就都不能在这个城市上映了。

庸医和良医的根本区别在于医术。庸医虽医术拙劣,有时却能给医院带来数目可观的经济回报;而良医虽医术高明,小药治大病,在某些方面却没有太多经济利益可图。现在,各大医院争相采购新的仪器设备,动辄用高价检查设备给患者做检查,并相应收取设备耗损费用。而有的设备价格高达数亿日元,也要患者来买单。其实,有些疾病不通过先进仪器也能检查出来,而滥用先进仪器设备又成为医疗费高涨的罪魁祸首。

总而言之,这部随笔集取材广泛、匠心独具、格调高雅,可谓佳作连连。作者对事物的认识和观察充满张力,特别注重联系生活实际和社会文化,融宏观思考和微观探索于一体,既关注社会生活之浩瀚江河,又不弃涓涓细流,纵横驰骋,从容不迫,演绎出一个光怪陆离的大千世界。对同一问题的深度挖掘,展现了作者的热忱与执着,论述问题的严谨与细腻则体现了作者一以贯之的风格与特色。对婚恋的叙述和畅想也折射着作者的自信与向往。

时卫国
二〇二〇年十二月

目　录

译者前言 / 1

分手的理由 / 1

关于湿毛巾 / 5

在银座建养老院 / 9

人到五岁很重要 / 14

浅析巨额医疗费 / 18

多用脑会变瘦 / 22

不过是医学，毕竟是医学 / 26

感染与发病 / 30

姐夫之死 / 34

专用海滨 / 39

当下写作的烦恼 / 44

傻作家 / 49

《失乐园》逸闻 / 53

总为自己辩解 / 58

爱写婚外恋 / 63

向往的鞋拔子 / 67

正月不回家乡的人 / 71

体悟感冒 / 76

商量一下，就离婚了 / 80

橘子"患癌" / 84

谈不上演技 / 88

加工修订小说 / 92

签名售书 / 97

与读者面对面 / 101

人应千差万别 / 105

东大女生占两成 / 109

评说鸡蛋与香蕉 / 113

梦中会妈妈 / 117

金钱与勇气 / 121

江户时代的婚外恋 / 126

连载四百期 / 130

梅雨季去镰仓 / 135

有点恨不起来 / 140

结婚用语 / 142

五山送神火 / 146

英皇室王妃之死 / 150

禁映风波 / 154

不专业者反而赚钱 / 159

站台送行 / 164

演讲会后倒时差 / 169

在纽约 / 173

日本看到了佛 / 178

行进速度 / 183

且说习惯 / 188

岛清恋爱文学奖 / 192

正在失乐园 / 197

后记 / 201

分手的理由

我朋友的女儿前段时间离婚了,离婚的理由非常奇特。

那就是"丈夫每天下午六点钟按时回家"。

因此而离婚,可以说是相当痛快或相当有趣……

不,不能挖苦别人离婚,只能说这个理由确实别致。

当然,当她父亲听到她因此而离婚时,好像非常生气。

"你不知道自己姓什么了吗?"

做父亲的心情完全可以理解。

一般来说,丈夫每天下午按时回家,妻子应该感到高兴或舒心才对。

据说她丈夫是高中社会这一学科的老师。

据她父亲说,那是个很认真、有礼貌的人。可能因此才每天六点按时回家的吧。

如果说他这一点不好,确实令人感到困惑。

当然,如果因为丈夫每天早晨六点回家,所以妻子要分手,那倒容易理解。

且不说女儿自身不能容忍,父亲也会同意其离婚。

但这里说的是下午六点,比早上六点早了十二个小时。

换言之,如果回来晚十二个小时,离婚就可以被理解;早十二个小时,离婚就没有说服力。

当然,该女士所诉说的离婚理由,也并非没有一点道理。

每天一到下午六点,门铃一准会"乒乓"地响起,打开门来,丈夫总是站在门口。可能作为太太的她心里想要说:可以偶尔错开一下时间嘛,为什么非要执着于此,六点准时回来呢?

跟这样的丈夫在一起生活,想到那冬夜的漫长和无聊,也许分手是情理之中的事。

不,这也可能是笔者有点过虑了。不管怎样,和每天下午六点按时回家的固执男性生活一辈子,还是难以忍受的。

对于这件事情,我自己首先想到的就是不管做任何事情,都不可过分。

比方说做事认真。

如果认真得过了头,且每天都这样度过的话,陪伴左右的人就会感到郁闷。还是应该适当灵活一点为好。

那位丈夫如果不是每天下午六点都准时回家,一周有几天晚上九点或十点左右回家的话,也许还不至于闹到分手。

人需要适当地歇口气,需要有分寸。

换言之,不能缺乏灵活性。或许应该说那位丈夫就是在灵活性上存在问题。

近年来,这种格外认真的年轻人似乎有所增加,可能是父母过分娇宠的原因,抑或是一个人闭门学习过头的缘故。

总之,认真且又灵活,是通过跟各种各样的人打交道而自然形成的,不是靠书本学习所能学得的,因此很难把握。

朋友女儿离婚这件事的另一个有趣之处在于,把人心伴随着岁月而变化这一点表现得淋漓尽致。

可能在刚结婚时,这位态度明确的女士会为丈夫每天下午六点按时回家而感到高兴,也许还会在门口拥抱他。

但是随着岁月的流逝,这慢慢变成了她的烦恼和负担。

婚后生活了七年(恰是所谓"七年之痒"),她因此而愤怒,终于忍受不了了。

这一举动在过去让人感到幸福,而现在却成了被仇视的原因。

尽管是完全相同的行为,但由于日复一日的往复循环,感觉完全颠倒过来了。

如果用人就是善变的动物来解释,那话题可能就到此为止了。不过话说回来,无论如何也不应这样变化。

因此,可以说可怕、可畏或不可理解。不过,这才是活生生的人。

我被这离婚之事所吸引，另一个缘由是觉得将此如实写下来，也能成为小小说。

一对夫妻结婚六七年了，女方想要分手。理由是丈夫每天下午六点准时回家。

这一点确实潇洒、别致。

假如说是因为丈夫每天早上六点回家，所以妻子要离婚，这样大家就既不觉得有趣，也不觉得滑稽。

但是因为丈夫每天下午六点回家的话，人听了就会感到愕然，可静下心来又觉得可以理解，或许还会将心比心地慨叹："人确实难容偏执啊！"

日复一日地按时回家，让人爱而生恨。

离婚理由的最有趣之处看似细微而无聊，实则非常具有现实感。

不用说，小小说是人生中的微小的故事，不是很大的故事。

然而，小小说虽然微小，却必须是深刻的东西。

换言之，叙述丈夫因早上六点回来而导致分手之事，应属评论，而叙述下午六点回来而致分手，则是小小说。

不过，最近认为因早上六点回家而分手属于小小说的人在增加。

关于湿毛巾

我比较喜欢湿毛巾。或者说没有湿毛巾可用时,我往往沉不住气。

比如,进西餐馆时,乘飞机或新干线时,以及旅行回到家时,我首先想要的就是湿毛巾。

可能在世界上所有的国家当中,日本提供湿毛巾的概率是最高的。

即便是在美、法、英、德等发达国家,也不像日本这样为方便客人而提供湿毛巾。

最近国际航班上开始提供湿毛巾了,可能是效仿日本人才这样做的。

总之,日本人对清洁的喜爱在当今世界上也许是屈指可数的。

人们喜欢湿毛巾,也许是把它当成了去除自己心中污垢的一种清洁用品。要说起来,喜欢清洁并不是坏事。

及时为人们提供湿毛巾的提供方也许很不得了。

要预先将毛巾加热或冰镇,并用保鲜膜封好备用,以便随时可取,仅这样就要花很多钱,用过后还要将其回收。

我从没打听过一块湿毛巾的价格是多少。但大批量地予以供给,总价就不可小觑。

可能是因为这个,最近在新干线的软席车厢里,提供的是像吸了水的棉花一般的东西。

如实地说,提供这类玩意让人很失望。

如果是一千日元上下的盒饭配着这类东西,那确实没办法,但还是想尽可能地得到将毛巾加热或冰镇并用保鲜膜封好的那种湿毛巾。

无论乘坐何种交通工具,好不容易得到了上面所说的那种湿毛巾,但很快又被收回了,这也令人感到困惑。

可能是怕使用者乱丢弃,湿毛巾刚递过来不久,马上就有人赶过来回收。这也许是在暗示人们擦一遍就行了,不用再擦了。这逼得我有时候真想说:再稍微晚一会儿不行吗?

比如,接下来要吃饭或者喝茶、喝咖啡时,有可能会不小心洒在外面。

对于湿毛巾的回收,空姐的要求格外严格,但回收之后接着提供配餐,就搞不懂是为何而提供湿毛巾了。

饭前净手自不用说,饭中和饭后也都还需要湿毛巾,却被人无情地拿走了。

为了留下湿毛巾,我有时会把它藏在座位前方的布袋里,然后装作睡觉。尽管这样,但只要空姐看出破绽,马上就会强行抽出拿走。

与之相比,新干线的软席车厢要宽松一些,但何时提供湿毛巾往往让人意想不到,有时会让人感到不知所措。

从东京去大阪的电车会提供湿毛巾,不知从名古屋乘车会不会提供呢?

湿毛巾提供与否倒也无所谓!有不少人会这样说,事实也的确如此。不过,沿途一旦需要湿毛巾,就会让人在意。

一般人接到湿毛巾,首先会擦手。令人介意的是是否会用它擦脸。

某本妇女杂志上说:"用湿毛巾擦脸和脖子是'油腻大叔'共有的陋习。"

我的朋友看过这个评论后,为了不惹年轻女性讨厌,脖子上渗汗时也尽量不擦。这是何必呢?我虽不是多么理直气壮,但面部出汗的时候还是要擦一下的。

一般来说,人体有皱褶的地方、手指头、耳朵根以及关节的内侧特别容易脏。

只许擦手,不许擦脸,不管面部和颈部多脏都要忍着。那样极其不卫生,对皮肤也不好。

假如有女性厌烦男人擦脸,那可能是她在嫉妒男人。

她们不擦脸是怕把化妆后的脸擦花,而男人无论怎样使劲地擦,都不会擦花脸。

当她们怕擦花脸而忍耐着,而旁边的大叔却一个劲儿地擦脸且擦得干干净净时,她们会感到不平衡。

我猜想她们是因为这个,才说用湿毛巾擦脸不成体统的。

对于用湿毛巾擦手,我擦得最仔细的是指甲与指头之间的缝隙。看到草草擦这一部位的人,就想告诫其好好擦一下。

因为指甲与指头之间最容易藏污纳垢、滋生细菌。

外科手术前的洗手规矩是相当严谨的,我当外科医生时,首先要接受严格的指导,把这双手洗干净。

"要把指甲与指头之间的缝隙多洗几遍!"

在前辈的叮嘱下,我用含有消毒液的刷子反复地擦拭指甲与指头之间的缝隙。

现在也是一拿到湿毛巾,即便不做手术,也会用力地擦拭指头缝。

前几天,我在飞机上,见有个人同样认真地擦拭手的各个部位,便无意中问了一句:"您是外科医生吗?"

他听了微微一震,随即回答道:"不是,是妇产科医生……"

看来无论是外科医生还是妇产科医生,都注重把手洗干净、洗彻底。

在银座建养老院

最近邀请我去演讲的地方很多,演讲的内容也各不相同。

与以前有所不同的是以高龄者为对象的演讲居多。

收到这种邀请,可能是因为我上了岁数,也有可能是因为我更早以前做过医生。

因为当过医生,能在某种程度上了解老人的身体状况;因为上了岁数还常写小说,能在一定程度上把握老人的心理。

据我推测,他们是出于这样的考虑才发来邀请函的。如实说,我对此并没有多少自信。

因为当下众多日本老人处于怎样的生活状态,对于他们来说什么是最迫切的问题,他们对国家或自治体有什么要求,我自己也搞不太清楚。

一言以蔽之,我自己也不了解这群老人的实际境况。

但如果以"人在年老后如何生活"为题演讲,也太没意思。

为此我曾多次拒绝邀请方的邀请,而对方总说不管什么题目都没关系。

本来就不太清楚演讲什么,对方又放任我自己选题,我无法予以拒绝,只能拖着沉重的身子前去演讲。

会场在某市的文化礼堂。

据主办者说这里正在举办老人文化节。与会的基本是老人,六十来岁算是年轻的,看上去七八十岁的老人较多,也有是夫妻的成对男女。

听众中还有看上去只有二三十岁的女性,不清楚她们为何夹杂在这些老年人当中。

男女比例为三比七,依然是女性居多。

比较活跃的是位于场内左前方区域的一帮六十岁上下的女性,她们用非常热烈的掌声欢迎我。而场内大部分男性紧绷着脸、皱着眉头。

面对性格各异的人群,到底讲什么好呢?

以前我曾参加过与之类似场景的演讲会,上了年纪的男性们(自己也属此类人)从入场开始,脸上就露出不高兴的神色,反应有些冷淡。

讲到半截时,我故意讲了一个笑话,本以为他们会笑,结果却毫无反应。可能他们怀有笑会吃亏这一心态吧。

总之,不来劲。

怪不得人家说人老了会惹人讨厌呢,看来人上了年纪确实不怎么愿意笑。

当然,其最根本的原因是他们阅历深、感受性差、笑点高,听到耳熟能详的常用话语,当然会无动于衷。

话虽如此,但好不容易来一趟,讲得不来劲也会令自己感到窝火。

于是我决定推陈出新,着力讲述"如何让自己成为一个言谈举止与年龄不相符的老人"。

在日本,一般认为人上了年纪,言谈举止与年龄相符为好。

但是人上了年纪,言谈举止与年龄相符,继而慢慢地凋零,这再简单不过了。明确地说,傻子也能做得到。

我这么一说,坐在前排的那位一直阴沉着脸、七十岁左右的男人打起了精神,表情微微有了变化。

接下来,我为老人们鼓劲,奉劝大家越是上了年纪,越要当"流氓"。

在当今的日本社会,年轻的"流氓"多,年老的"流氓"少。人在老了以后,会变得端庄沉稳、老成持重,而这样的老年社会会显得没有活力。

与其这样,还不如让老年人隔三岔五地当当"流氓",老的"流氓"多了,年轻人就无暇当"流氓"了,这会使社会变得有活力。

尽管我这么讲,却难以讲出通俗易懂的道理。不过,刚才那个男人的脸上露出了几分微笑。

于是,我改变话题,开始畅谈养老院的日后发展和理想状态。

养老院选址净挑些能听到浪涛声的海滨或比较幽静的森林深处,我认为这会使本就寂寞的老人感到更加寂寞。

这些地方倒不如改设为大学校园,以便引导年轻人静心读书。养老院最好建在城市中央相对僻静的角落,比如银座内外。

有人认为建在车马喧嚣、人声嘈杂且空气污浊的地方对老人的身体不好。然而,人越是上了年纪,越需要刺激,热闹的环境可促使老人多动脑,在某种程度上能预防阿尔茨海默病的发生和加重,可谓利大于弊。

怎么能建在银座那种寸土寸金的地段呢?可能很多人会为我的设想感到惊讶,其实银座也有面积很大的土地闲置着。

那就是日渐式微的小学,在当地呈现出"甜甜圈化现象"。由于银座正中央的小学适龄生越来越少,学校已快要停办了。

只要把学校迁走,就会留下相当大的空地,完全可以在此建一家相当规模的养老院。

银座交通便利,子女或孙辈也可利用通勤车便利往返,经常探望老人。

当然,既然建在银座,就要热闹非凡。首先,外观造型要华丽,晚上要灯火辉煌、霓虹灯闪烁,要整天播放欢快的音乐;其次,为保障适度运动,增强体质,还要建造舞厅。

还要根据情况,时不时地把没有女伴的孤寂的老头请进养老院来游玩,为他们和相对较多的老太太们举办集体相亲活动。

讲到这里,前排那个双眉紧锁的男人才露出舒心的笑容。我一鼓作气,侃侃而谈,最后安心结束了演讲。

人到五岁很重要

据说人的情绪、感性等与心理有关的东西会在五岁左右基本形成。此后若要改变这一阶段形成的精神电路,则需要投入几百倍,甚至几千倍的训练或教育。

有本名为《婴幼儿教育》的书,就是根据以上情况,宣传在婴幼儿阶段进行教育的重要性。

碰巧作者高井修道先生是我大学时代的恩师,作为横滨市的教育委员长,他常年从事教育工作。书的内容极富启发意义,令人深思。

书中最令人难忘的是关于狼孩儿的片段。

一九二〇年,在印度加尔各答的丛林中,有人在狼窝里发现了两个赤裸着身体、靠四肢爬行的女孩。据后来的医学推断,其中一个女孩年龄约为八岁,另一个年龄约为一岁半。估计两人都是在出生后不久被狼叼走,靠吃母狼的奶水慢慢长大的。她们只会嗷嗷叫，不懂人类的语言，且茹毛饮血，喜吃腐肉。到了晚上，还会像狼一样长声号叫。

总之，她们只有人形，没有人味，虽然肉体是人，但其他方面却呈现狼的特征。

特别是那个年龄大一点的女孩，回归人类社会后，曾接受了各种教育，但收效甚微。她过了很久才学会用两条腿直立行走，智力最终也只达到三四岁孩子的水平。

由此可以得出这样一种结论：人的生存环境至关重要，学习也有最佳时期，错过这个时期，基本上就不能发展成为一个合格的人了。

在婴幼儿教育方面，尤其应注意母与子的互动关系。这一关系极为重要。母亲是否投入全身心的爱，爱得是否恰当，对孩子的人格形成影响巨大。

而今，年轻的母亲们都有工作任务且参与社会活动较多，不能将婴幼儿一直带在身边。

故要将孩子托付给托儿所的保姆或幼儿园的老师代为抚养和教育。孩子在托幼机构里接受怎样的教育，对这个孩子的未来影响很大。

有调查报告显示，在美国，犯罪的年轻人基本上是在这个阶段被托付给了素质较差的保姆。

不管怎样，据说孩子到五岁左右，与心理有关的东西就基本定型了,所以托幼机构的老师责任十分重大。

与之相比,大学老师虽说传授的知识深奥,但影响力与托幼机构的老师比则相去甚远。

然而,现实中的大学老师受人尊敬,薪水也高,而托幼机构的老师则人微言轻,收入寥寥。可以说这有点矛盾。

《婴幼儿教育》这本书还阐述了另一有趣的观点,它把孩子分为两种类型。

一种是一教就懂的所谓秀才型,一种是反应较慢、反复思考后终能弄懂的迟滞型。

也就是说,智慧分两种类型:一种反应较快、不求甚解,另一种理解虽慢却深透。

而现在的偏差值教育完全凭反应速度判断孩子智力水平的高低,认为前者优于后者。然而孩子的发展并不受此限制。据说往往是后者创造性卓越,后来取得重大业绩的人也多为后者。

为此,这本书列举了几位童年学习成绩差、后来成为各行业翘楚的世界名人。

如提出万有引力定律的牛顿,改良蒸汽机的瓦特,发明同步发报机的爱迪生等。

听到这些世界名人幼年时代曾是学校或社会的"后进分子",心里是再愉快不过的了。

不用说,这些逸闻既给大家带来了希望,也激发了大家的斗志,让大家有了一往无前的信心。不过,这些都是个例,切不可抱有不切实际的幻想。

尽管有人拙笨,动作迟缓,却取得了伟大的业绩,但取得伟大业绩的并不全是拙笨、动作迟缓的人。

事物都有两个方面,智慧也有两种类型。想到这些,心情就会平静很多。

浅析巨额医疗费

说到医疗费,人们往往认为钱全进了医生的腰包,其实不然。

医疗费既包含医生所领取的薪酬,也包含注射费、诊疗费、药费,以及用于诊断和检查的医疗器械费,还有护士、护工、后勤人员的工资等。

总之,医疗费是指有关医疗的全部费用。

一般认为,随着医疗科学的进步,诊断方法或治疗方法会不断发展和更新,而医疗费也会随之增长。当然,也不能排除其中含有一些荒谬的东西。

比如,医疗器械厂家会恣意推销价格昂贵的诊疗设备和器具,如果医院采购这些高价物品,日后就会对病人收取高昂的检查费,让患者不堪重负。

比如,用于手术的器具实际上可以使用相对便宜一些的,而医院却使用那些高价器具。有的地方常常滥用药品,价格甚至比美国还贵得多。

人们以前就批评过这种过度检查或过度治疗。其根源显然来自"医疗费由医师自行申报,按工作量进行付酬"这一例行的医疗制度。

另一方面,因为被收费的一方加入了国民健康保险,仅需承担小额费用,所以较易接受高价医疗,事后对诊疗内容和所需费用也基本不核对,浑然不知自己被宰这一情况。

这样一来,必然会导致医疗费逐年增加,这笔巨大开支早晚会成为全体国民的沉重负担。

尤其成问题的是老年人医疗费的逐年增加。

特别是七十岁以上的高龄者,其医疗费增长显著,目前占全部医疗费的百分之三十点七。据厚生省预测,此后该数字将逐年递增,二〇二五年将占到全部医疗费的百分之五十。

老年人的医疗费为何增长得如此迅速呢?

其最大的缘由可能就是老年人口的增加。实际是不是这样呢?

一般认为这只是表面原因,其深层原因是老年人医疗费个人负担比例的连年降低。

之所以这样说,一是因为个人负担比例低肯定受老年人的欢迎,老年患者会最大限度地按照医生希望的那样接受治疗;二是因为绝大部分医疗费用由各保险公司核拨或国家支付。

这样一来,老年患者就会没完没了地进行没多大必要的治疗。

比如,在老人专属医院里,患者患脑出血、脑梗死或阿尔茨海默病进入晚期后,在基本丧失知觉、濒临死亡之时,医生还拼命对其施行生还术,用医疗器械诸如呼吸机、体外循环机等维持其生命,并进行大剂量的点滴注射等。

这与对因交通事故而陷入昏迷的人施行生还术的意义完全不同。明确地说,我认为对老年患者不应该进行这样的治疗。

当意识混沌、机能丧失的老人生命即将终结时,安静地守护对方才符合医学伦理。

如果医疗方没有节俭思想和维护患者生命尊严的意识,便会没完没了地对其进行不必要的治疗。

难怪老年人的医疗费会连年高速增长。

在超过八兆亿日元的老年人的医疗费中,有两三成属于多余的、过度治疗的费用。

人们一说到老人治大病,似乎就认定要花大钱。其实不然。

老人超过七十岁,如果患上癌症,即便不做手术也无可非议。

勉强地动手术可能会使身体衰弱,而且还可能会造成提前死亡。而保守疗法一样可以延续生命。从这一点来看,两者好像没多大差别。

总之,这会成为在有限的生命内如何终老的有关生活质量的问题。

其实,对于重症老年患者,做大手术、注射极为昂贵的药物、使用新药等都没太有意义。

还不如让老年患者服用中药等药性柔和且对身体影响小的药物,并使之在精神方面放松。

然而这样做,医生就无法获得收益,所以他们只想任意地加大治疗,这让体力不支的老人更加衰弱、痛苦,使其濒临死亡的生命得以延续。

这显然有违人的尊严死,是一种反人道的做法。它貌似人道,其实不然。

每当医疗费激增时,厚生省就说要对医疗保险制度进行深入的研究和彻底的改革。

当下,许多人在沾制度的光,老人在接受多余的治疗,救死扶伤的医生则变成了为钱奔忙、精于算计的商人。

想到这里,就油然产生了改革医疗保险制度的紧迫感。然而,今年即将在空喊口号的喧嚣中结束。

总之,今年国家狂撒了二十七兆亿日元的医药费,维护了徒有其表的长寿社会。

多用脑会变瘦

我经常被人劝导:"必须要运动啊!"

我确实运动量不足,要说像样的运动,也就是一个月打两三次高尔夫球,可最近连高尔夫球也没怎么打。

另外就是爬楼梯,即上下二楼的书房。

一天上下楼也不过十次,很明显运动量不足。

最近,有朋友特意为我制订了一个运动计划。内容包括慢跑、游泳、做哑铃操等多个项目,并希望我能持之以恒。

朋友反复地叮嘱我:"万事开头难!"但接下来的日子我也一直没有付诸行动。

理由很简单,因为太忙了。

我以忙为由辩解,但又被这位热情的朋友数落了一顿:"推三推四,早晚会后悔的。"

被人数落也没有照做,是因为我个人觉得那个运动计划并不适合自己。

最近,我正为某家报纸撰写有点"艰难"的恋爱小说。

什么是"艰难"的恋爱小说?如果有人严肃地问道,我也不知该如何作答,也许指的是有点深入到性内涵方面的小说吧。

连日来我一直在构思这本小说,也为有关性的各种情景描写而伤脑筋,故将运动身体置之脑后了。

因为这类小说的场景和在蓝天下打高尔夫球、跑步或游泳等极不协调。一个是极其私密的个人世界,另一个则是健康而明亮的外部世界。两者截然不同。

尽管身体健康很重要,但我不能迅即走出极其私密的小说世界,转身投入到明亮、健康的外部世界中来。

当然,劝我运动的朋友会说:"不是让你从早到晚一直运动,只需几个小时就行,正好可以转换一下心情。"

然而,运动一个小时也好,两个小时也罢,一旦身体活动起来,思绪就不能轻易地回到小说的世界中来。虽说最后也能回归,但切换场景所需的时间太长,精力损耗过大。

最近我高尔夫球的得分迅速下降,原因好像与其类似。我将其归咎为正在写"艰难"的恋爱小说,但关系不错的朋友怀疑是我上了年纪的缘故。

人不经常活动身体,不仅四肢的肌肉会松弛、腹部会堆积脂肪,而且也容易诱发各种疾病。对于这一点,大家都明白。

但是,也不能单方面地认定"不运动就会发胖"。

如果身体不运动,但大脑多活动的话,也可以消耗热量,多少也能防止发胖。

每天都对着稿纸冥思苦想、鏖战恶斗,也会跟运动一样消耗体能。

我这么跟催促我运动的朋友说,结果又被他数落了一顿:"别说这种为怠惰找理由的话!消耗热量要靠运动。不运动只坐着,体重会不减反增。"

可事实究竟是怎样的呢?

如将棋的对垒,在前不久结束的将棋名人战中,年轻棋手们连续不断地进行了接近二十个小时的酣战,偃旗息鼓后,两个人都无精打采,浑身疲惫,一副憔悴相。

年轻的职业棋手况且如此,上了年纪的职业棋手一定不堪重负。

有的职业棋手说:"如果殚精竭虑地博弈一局,体重也会随之减少二十公斤。"

既然如此,那徘徊于桌前、绞尽脑汁、冥思苦想的作家肯定也在消耗体力、消耗热量。

前几天,我还偶然发现读过的书上有证明这一事实的依据。

因此,我马上告知那位热情的朋友:"瞧,书上说即便身子一动不动,但只要大脑活动,也会消耗掉相当多的热量。运动并不仅限于肢体活动。"

然而,他只相信通过肢体活动才会消耗热量,不会轻易同意我所说的。

"不管怎样,写小说也是一种格斗,相当累啊。"我进一步地解说道。

他还嘴说:"那写得痛快时也不会感到疲倦啊。"

你休得无礼,我想。当然,文章写得顺当时,不会感到那么疲倦,也许他说得有点道理。

"肢体运动时,跑得舒服也不觉得累啊。"我见他有点得意忘形,故还嘴道。

"因为那只是在跑,大脑空空如也。"

总之,大脑是最消耗能量的器官。不过话又说回来,肥胖之人的大脑在干什么呢?

也许为了证实这一点,我应该瘦点才说得过去。

不过是医学,毕竟是医学

我经常看星期天上午的电视节目《新报道 2001》(富士电视系列),这个节目常常简明扼要地谈论热门话题。

凑巧上周日谈论的是"手术和体检有没有用?要不要与癌症搏斗?"这一最热门的医学话题,出镜的赞成者与反对者各执一词。

非常有趣的是,编导让意见相左的两个人参加。

这两个人一个是庆应大学医学部的讲师近藤诚先生,他的著作《患者啊,不要与癌症搏斗!》正在引发热议。另一个是爱知县癌症治疗中心的内科主任福岛雅典先生。

不用说,近藤先生对癌症治疗持消极态度,基本属于否定派。福岛先生的态度与其相反,是现代癌症治疗的支持派。

两个人各抒己见,经常在言语上发生冲突。

比如说,对于癌症的全民普查,近藤先生认为基本没用,而福岛先生则主张部分有效。

近藤先生所说的无用,是指当下的普查往往容易看漏。

而福岛先生认为的有效,是指哪怕不是经验丰富的医生,只要慎重地对患者进行检查,就能发现其早期的癌症迹象,不是完全无意义的。

而对于癌症的治疗,近藤先生认为已经确诊的癌症靠手术治好的情况极少,何况有时连体内的肿瘤是良性还是恶性都无法区分,只能靠手术取出,然后通过活检来辨别,有点过分了。

福岛先生则认为手术是癌症的根治疗法,癌症发展极快,短期内还会恶化,不应该无为地放纵。

至于抗癌药,近藤先生认为其只是对小儿白血病等极少部分的癌症有效,对其余癌症基本无效,副作用反倒很强烈。

而福岛先生则认为抗癌药有一定的疗效,只要医师好好指导,副作用就会得到一定控制。

两人虽同为医学行家,意见却如此相左,外行听后会越发感到迷茫。

主持人也露出困惑的表情,不知到底该相信谁说的。

电视观众感到迷茫是理所当然的,因为大家在日常生活中也会碰见诸如此类的情况,企盼有个明确的回答。

观众在家看电视剧时,会自觉不自觉地用"这是好人还是坏人"来分辨善恶,以沉住气继续看下去。医学讨论也一样,应该说清楚做手术到底好不好。

对此,嘉宾竹村健一先生通俗易懂地说道:"有的癌症做手术好,有的则不用做手术,要根据情况而定。"

的确,应具体情况具体分析,不能一概而论。

这不仅限于癌症的治疗方法,医生的选择也一样,既有像福岛先生这般优秀的医生,也有不那么优秀的医生。

比如使用同一种抗癌药,优秀的医生使用起来可能效果斐然,而不那么优秀的医生使用时可能就达不到趋利避害的目的。

人们往往认为医生都一样,其实不然。若大家都了解实情,问题就会变得更加复杂。

节目最后,福岛先生指出,患者在治疗过程中,要是觉得医生不合适,就应该换好医生或换更好的医院,还应主动地询问治疗方案,积极配合医生的治疗。当然,这一点也不太容易做到。

在日本,医生和患者的地位并不对等,这可能是由患者产生的卑微心理造成的。

要想改变现状,与其要求患者有话直说,还不如要求医生放下身价,诚心地对待患者。

通过这个电视节目,人们了解到,在医学的世界里,还有不计其数的未解之谜。

这样的例证比比皆是。我自己在医学界待了十多年,深切地感到医学是一门能力受限、前景未知的深奥学问。

正因为如此,世界上的众多学者才日夜攻关、勤奋钻研,力争在某个方面取得突破。像这次医学行家们对癌症治疗各抒己见则实属必然。

无论现代医学多么发达,当下行家们也只是看到了人体这一复杂机制的最表层。

越是了解医学,就越是对其深奥和神秘感到惊叹与钦佩。

在临床治疗过程中,面对患者,医生不能说自己知之甚少或不懂,他们不得不装作通晓而说些模棱两可的话。

不知是福是祸,这就是活生生的现实。一般人常被医生那一袭白衣和现代医学诊疗技术的外表所迷惑,误以为医疗科学已相当发达。

这就是医生和患者之间常因治疗效果而产生各种龃龉的原因。

重新说明一下,医学上仍有许多未解之谜,两人即使得了同一种病,所呈现的症状也不尽相同。又因为存在个体差异,即使采用同一种疗法,也有可能对甲来说非常有效,对乙来说却收效甚微。

换言之,因为人与人之间的个体差异性非常大,所以通常不能把一种治疗方法确定为最佳治疗方法。因此,有的人在依靠现代医学治疗的同时,也会另辟蹊径,寻求和尝试双管齐下的治疗方法。

同时使用两种治疗方法,也许是现阶段最说得过去、最令人信服的做法,也能取得一定成效。

我不太喜欢某些人对医学的吹捧,认为现代医学"不过是医学,毕竟是医学"这种说法似乎比较好。

感染与发病

当下,只要不是开玩笑的场合,人们凑到一起,话题就是O157。因为最近流行一种病,即被称作"O157"的细菌感染。

当然,对于这一传染病,人们还知之甚少。专家介绍说这种病菌不耐热,但特别耐低温,体弱的幼儿或虚弱的老人一旦感染上,肾脏可能就会受到严重的损害,甚至危及生命。

虽然我认为这种告诫是及时而正确的,但是仍心存疑惑,也可以说弄不明白或想不通。

那就是为什么这种病在日本急剧地流行起来了呢?

对于这一点,没听到有人做出准确的说明,也许医学专家也没找出这种病的根源和传播途径。

厚生省很快将这种病归为传染病。然而,在这里需要明确的一点是感染和发病不是一回事。

也就是说,人体感染了这种细菌,未必都会发病。

因此，不要一听到附近有人感染了，就大惊失色。其实用不着惊慌。

当然，对于这种危害很大的病，几乎所有人会感到害怕并远离病患，祈祷自己和亲人逃过这一劫难。

不过，对于某些传染病，最理想的状态是感染而不发病。

这么说也许让人难以理解，实际上人类已经对若干病症进行了医学实践。

比如预防天花、小儿麻痹症以及结核病等，都是通过接种疫苗，人为地把一定量的经过人工减毒或灭活等处理后的病菌或病毒注入体内。

这样，人体就会大概率生成免疫力，免疫系统会产生一定量的保护物质，以后再次接触到这种病菌或病毒时，免疫系统便会产生更多的保护物质来消灭它们。

疾病的预防注射，基本是基于这一原理。对于自然界中出现的各种病症，人类都尽可能地使其保持这样的状态。

为此，我们该怎么办呢？

说到这里，可能很多人已经明白了，应将人置于充满各种细菌和病毒的自然环境当中。

照此说来，我们生活的环境也许太过干净了。

以前，一般住宅的周围都有蓄粪池，会招来苍蝇和蚊子。

而今，随着住宅的现代化，粪便与污水由下水道进行暗排，加上防腐剂、灭虫剂的使用，环境卫生得到了保障。

实际上,过去一度流行的多种传染病,因卫生条件改善,缺少了传播媒介,几乎被消灭了。

这事本身是极好的,但它同时也暗示着如果某种细菌或病毒一旦进入人体,有些人可能会被感染并发病。

因为这些人没有经过"历练",身体没有必要的免疫力。

由此看来,对于一些人来说,过于华丽、洁净的地方未必就好。

这一点也适用于人类社会,那些奉行和善、有正义感而涉世未深的人,一旦步入社会,就容易感到困惑、烦恼和受挫。

他(她)们是在正义感满满的环境下成长起来的,一旦在社会上碰到狡猾点的家伙或坏家伙,就会感到惊讶,若受其打击,甚至还会崩溃。

而那些在恶劣的环境下成长起来的人,遇到以上情况,或许会与他们搏斗并将其击垮,然后精神饱满地生活下去。

现在人们议论起O157有点谈虎色变,这造成了很大的混乱。实际上这种大肠杆菌常常寄生于牛等各种生物体内,长期与人类共存,并广泛地分布于日本各地。

在大肠杆菌菌群中,这种菌对人体有害,是一种易导致肠道感染的细菌。这种细菌易在学校供餐时污染食物而造成传播和扩散。

环境卫生与疾病好像是你追我赶、此起彼伏的两种东西,即使把环境整治得非常洁净和无菌,新的疾病也会出现。

即便消灭了某种细菌,另一种细菌也会诞生。

这样看来，我们不宜盘腿静心坐于现代文明之上，也许转换一下思想会比较好。

也就是说要跟杂草一样顽强，即使在有少量细菌的地方也能照常生活，增强自身免疫力。

与其下大气力大量除菌，还不如思考一下怎样和各类细菌友好地相处。

姐夫之死

今年八月,我的姐夫死了。

说"死了"似乎有点无情,要是说"去世了"会怎么样呢?我觉得这种说法更加奇怪。

虽不清楚"去世"这个词的渊源,但总觉得这个词还是用在别人身上合适,因为其含有敬语的意思。

如果说"某某老师去世了"或"某某先生去世了",就显得很得体,但说"父亲去世了",就显得不自然。

姐夫虽说是亲戚,但亲属关系有点远,如果说"去世了"也可以,但还是觉得有点奇怪。

特别是这个死去的人是我姐姐的丈夫,从两人结婚时起就一直待在我家,我和他如同亲兄弟一般亲密无间。

姐夫是个内科医生,曾在札幌开过医院,四年前做了胃大部切除手术。

开始临床诊断为胃癌,但剖腹一查是淋巴瘤。

他闻讯后又变得精力充沛了。其后又做过检查,基本没事了。没想到从今年年初开始,他感到腹部上端有闭塞感和疼痛。

尽管身有疾患,但他还是在五月份和姐姐一起来到东京,参加了妈妈逝世三周年的纪念仪式。事毕大家到酒店吃中餐,他还直夸饭好吃,也吃了不少。

回到札幌后,他感到疼痛和憋闷进一步加剧,不得不在六月初再次住院,并做了紧急手术。

据临床主治医生说,此乃恶性肿瘤复发,这次手术只是疏通了栓塞的部位,迟早还要再做一次大手术。

七月中旬,我到札幌探望他,他的身体正处于衰弱期。

他虽感觉不到疼痛了,但卧在床上起不来,本就瘦长的身材更加消瘦,一副皮包骨的模样。

我说了些无关紧要的话,比如今年北海道的夏天像本州的梅雨季一样潮乎乎的等。待了约三十分钟,我就离开了病房。

姐姐把我送到电梯旁,告诉我医生说这次手术无法完全摘除肿瘤,完全治好也很难,也许疾病会发展很快,让家属有个思想准备。

我问姐姐:"这事姐夫知道实情吗?"

姐姐说:"只告诉过他还要再做一次手术,以前一直跟他说是淋巴瘤。"

然而,因为姐夫是医生,所以也不好对他再说什么了。只要他不问,好像就没必要主动告知。

当医生患上癌症后,应该对其怎么说,说到哪种程度,是个相当难的问题。

如果是业外人士,家属想要隐瞒,是可以隐瞒过去的,但要隐瞒自身是医生的患者却很难,即使暂时掩盖真相,本人很快也会明白,事后反倒会不愉快。

八月上旬,我再次去探望他,他仍不能用口咀嚼进食,但是靠打点滴,气色好了不少,自己能缓步去房间内的厕所了。

我还像往常那样,与之谈了一些无关疾病的话,然后探寻有利康复的方法,问他:"吃点儿灵芝怎么样?"

灵芝属真菌,是一种补药,喝了用灵芝熬出的汤汁,不仅能缓解身体的疲劳,而且对癌症晚期病人好像也有一定的辅助疗效。

我听说筑地高级饭庄"河庄"的老板娘对灵芝情有独钟。她曾热心地将灵芝赠送给政界或经济界的客人,很受大家的欢迎。由此,我想起让姐夫喝点灵芝汤。

我也算是个医生,此刻却奉劝患上癌症的医生喝灵芝汤,说来也有点奇怪。没想到姐夫却很热情地听我说。

"人过了七十岁得癌症,不会快速发展。尽量不要做手术为好。"我把日本红十字会的竹中外科部长说的话重复了一遍,进而说,"癌细胞既有异常活跃而致病情恶化的,也有怠惰、消极而不怎么发展的,我觉得悠闲自在地试一试民间的偏方也不错。实际上,有很多人因此而使癌细胞得到控制,也有人因此而治好的……"

我根据"河庄"老板娘说的话,展开自己的想象。姐夫深以为然地点点头说:"喝点那种汤剂也行!"

我说下次过来的时候随身带来,之后便离开了病房。没想到,这是跟姐夫相见的最后一面。

我离开札幌一周后,姐夫又感染了肺炎,随后便死掉了。

再过几天就是孟兰盆会了,我曾想利用这个机会去札幌,把灵芝交给他,然而他没等到喝灵芝汤就死了。

一周前姐夫还认真地听我讲话,也愿意喝点灵芝汤剂,他一定是幻想着还能恢复健康。

我赶到北海道,为姐夫送葬。姐姐对我嘟哝道:

"他好像知道自己已经不行了,提前准备了遗书,连治丧委员会的委员长和朋友代表都确定了。"

听到姐姐的话,我的眼前立即浮现出一周前与他在病房里交谈的情景。

可能那时候,姐夫虽在认真地听我讲话并盼望着康复,却也预感到自己的死期已经来临了。

认真地听我讲话,热情高涨地盼望着喝灵芝汤,同时又备好遗书迎接死神的到来。这是同一个姐夫的两种姿态,一种是对生的执着,另一种则是对死的皈依。

一个人同时产生对生与死的两种截然相反的期待,可能是因为虽然产生了动摇,却仍愿维系生命。

不知为什么人会有这种矛盾的心态,但也许这才是行将就木之人的真实姿态。

专用海滨

现在我来到了北海道。

这里是札幌郊外的别墅,今天秋高气爽,令人心旷神怡。

天气晴朗得无以言表。

假如画家用色彩来表现美、音乐家用旋律来表现美、演员用形体来表现美的话,作家就须用语言来表达美,如果表达不出来,就显得没情调。

下面就牵强地说上一句:

"今天是个能看到天空底儿的秋高气爽的日子。"

不,这样表达并不能很好地形容金秋的晴天朗日。

从札幌市中心驱车四十分钟,就能到达这座位于当别町的别墅,它坐落在一个名叫瑞典山的低矮山岗上。

这里的情况以前介绍过,瑞典山名副其实,这里的住宅是红屋顶和白色窗框的瑞典风格,中心部位是瑞典交流中心和瑞典玻璃工艺工作室,还住着几家瑞典人。一副瑞典小城市的模样。

街道上绿色的草坪环绕着美丽的房屋,住户的窗户和墙壁上摆挂着各自喜爱的鲜花。马路两旁也尽是五颜六色的花簇,电缆埋设在地下,街道看起来特别整洁,在晴朗的天空下显得更加瑰丽。

我是一九八七年在这里建的别墅,快十年了。

每年从初夏到晚秋,我会来这里好几次。现在,窗外的院子里开满了大波斯菊,坐在沙发上就能看到细长茎秆上的鲜花在随微风摇曳。

自己禁不住站起身来,靠近窗口,静心欣赏那些分区开放的白花胡枝子和红花胡枝子,它们都如女性的披肩长发一般被风吹拂着尽情摇曳。

我的房子位于地势略高的地方,可以越过不远处的红顶房屋和绿色草坪遥望那开阔的石狩平原。

原本想在这风景秀丽的书房里奋笔写稿子,但由于秋高气爽,天晴日朗,我不由得停下笔来极目远眺。

我凝视着远方天与地衔接处的地平线,想象着太古时代我们的祖先首次出现在这个地球上时所看到的原始美景,感受到了自然的浩瀚与沉寂。

的确,现下的北国秋色正浓,四周万籁俱寂,静谧得似乎能听到亡故父母的呢喃。

从瑞典山驱车二十分钟,就来到了大海边。

石狩湾①的北侧是绵延到厚田②的海岸线。

从石狩沿着国道二三一号线北上,可以从低矮的山岗顶上看到望来海岸所特有的海岸阶地,我喜欢在这里停车,观赏一会儿美景。

原先曾观赏过多处美丽的海岸线,如尼斯或湘南海岸等,但这里的海湾被一座座低矮的山岗所环绕,如同酣睡在母亲的温柔乡里,定居在这里的人们可以尽情地享受这山山水水的自然风光和美好生活。

在这条海岸线上,还有一座我非常喜欢的小山。

这个地方的景色非常迷人,但容不下太多的人观赏。登上小山向左边看去,先见到石狩川的河口,再眺望到远方小樽前面的岬角。

正面的海是日本海,海水渺渺,漫无边际,穿越若干里程,就是西伯利亚。

黄昏时分,我时常伫立在海边的这座小山上眺望落日。

不知什么缘故,太平洋那边是旭日壮美,而日本海这边是夕照景胜,尽管没有任何烘托夕阳的小岛、沙滩、赤松等自然道具。

现在这个季节只有随风摇曳的芒草,丹红的夕阳缓缓坠落到

---

① 地名,位于北海道中西部,濒临日本海。译者注,下同。

② 地名,位于北海道中西部。

烟波浩渺的日本海里,芒草地也披上了红色的盛装。

黄昏时刻就不用说了,整个白天,基本上也没人到这里来。

若初夏时节到这里来,山坡上会开着玫瑰等五颜六色的花。而现在玫瑰已结了红色的果实,经常映入眼帘的是开始枯萎的虎杖叶子和紫色的野豌豆。

有一句歌词是"现在已是秋天,无人的大海",而这里从来就是"无人的大海"。

当然,就是情侣在这山岗上沐浴着夕阳接吻,也不会有任何人看到。

我声称自己在这座小山的断崖北边拥有一个小小的专用海滨。

我这么说,大家都瞠目结舌地赞叹"厉害!",其实,并不是我购买了那片海滨。

我只是随意地给它起了个"淳一滨"的名字,圈定为我个人的专用海滨。

若从断崖面向海的右边,拨开草丛往前走,到达小径终端,就可以俯瞰这小小的"淳一滨"。

海滨长度约有一百米。沙滩呈舒缓的凹形,宽度最多有四五十米,前方仍是四五十米的断崖,垂直地屹立着。

从崖上往前看,可以看到从海面上漂流过来的木材和从断崖上崩落的砂土等。

与其说这个专用海滨的两端都是悬崖,谁也去不了,不如说谁也没有去的必要。

正因为这样,我才随意起了个名字,划定为自己的专用海滨。尽管如此,拥有自己的海滨,心里还是很高兴的。

"我在北海道有个专用海滨!"

与他人说这话时,就觉得自己独占了北国的自然风光。

当下写作的烦恼

当下,与其说是很困窘,不如说是很痛苦。

原因是在某报纸上连载的小说。

这篇小说虽已接近尾声了,但能否顺利结束还说不好,因担心此事,所以晚上睡不好觉。

可能有人会说:"小说结尾早晚都会写出来的,用不着烦恼嘛。"这话倒是不错,只是这次情况略有不同。

之所以这样说,是因为这篇连载小说的最后一期已经定死在十天后的十月九日发表。

为何说定死了呢?因为报社已经发出了通告告知读者:正在连载的小说将于十月九日结束。

当然,这天之后将会登载其他作家的作品。

因此,无论碰到什么困难,都必须让小说在当日结尾。

这么说,或许您会认为这是报社单方面强加给我的时间限制。

其实不然。

十月九日结束是我主动提出来的,报社是据此发表的通告。

那为何时至今日自己又慌了呢?

原因很简单,因为我对小说结尾的撰写既没有构思,也没有信心。

一般连载小说结束的通告都是提前七至十天发出。在这之前只要备好了初稿,就没任何问题。

几乎所有作家撰写小说都有这种程度的存量,即便通告出得早一些,也不会引起惊慌。

一般按照约定,到了交稿截止日就按时付梓,小说结尾处的内容往往精彩或独到。

然而,当下我手头只有三天的存量。

下面必须要写出六天的连载内容。短短几天能顺利写出来吗?连正在执笔的自己都没有自信。

当然,为了避免写作量前松后紧,应当适当准备"提前量",预先写好下面的部分,但不知何故,自己总做不到。

我的做法是"一边借钱一边还债",每天都坚持写,但只写好次日的内容。

编辑曾对此感到愕然:"你竟用这种方法写了三十多年小说?"想来我自己也感到惊讶。

当然,现在再说这些也无用了。

原先也曾因为积习难改,截稿日期逼近而惊慌过,但这次感到特别苦恼是因为之前已经确定结尾是两位主人公一起自杀。

尽管故事在一步步铺垫,但再过一周能以夺人眼球的描述顺利结尾吗?

我一直在思考"在现代社会,成熟的情侣在一起时有无同时自杀的可能"这一难以定夺的问题,但同时又担心因其失去真实感而没有意义。

对!应该想方设法以让众多读者完全能够理解的情节来结尾。

而内心的不安仍如影随形:如果不能顺利结尾……

这种不安如同乘坐刚刚起飞冲向夜空的飞机一般,让人提心吊胆,在这茫茫的黑夜,飞机能否顺利地着陆呢?

假如着陆失败,严重偏离跑道,就会酿成重大的空难事故。

不,绝不能让众多读者感到失望和沮丧。

应该设法避免失误和失败。

理想当然是万人称道的那种精彩结尾,假如这一点做不到,也要以说得过去的情节结尾。

这样一想,就越发感到有压力,越发沉不住气。

也不是说因此就怎么样,现在,我一边喝着红葡萄酒,一边挥笔写这篇稿子。

为何要喝红葡萄酒呢?理由也很简单。

因为小说的男主人公最后是把某种毒物放入玛歌堡葡萄酒，一下子喝入口中的。

当然不是直接咽下去，而是与女伴嘴对嘴，将毒液送入她口中一部分，以致两个人同时死亡。

自己是在写这部分故事的过程中，想模拟故事情节，才开始喝葡萄酒的。

不过，现在喝的不是像玛歌堡那样高级的品牌，而是比其低一个档次的葡萄酒。

当然，喝与不喝，感受是不同的。

虽然是便宜货，但在喝的过程中，也许就会产生同主人公一样的心境，写作一下子就会有进展。

自己抱着这样的期待开始喝酒，结果还是不行。

自己越喝越醉，非但没有产生主人公那样的心境，反倒失去了奋笔写下去的干劲。

这可不得了，赶紧停杯，重新构思小说。虽然有此念头，但为时已晚，今天写不成了。

就这样，又是止步不前。若到最后一天仍是如此，该怎么办呢？越来越心烦意乱。

看来今晚又要做梦，梦见小说不了了之了。

不，最低限度应是我的小说与新的连载小说同时刊登在报纸上。

当然，报社绝不会允许出现上述情况，那么最终结果可能是来不及交代故事的主人公死没死成。

要是这样就不得了了,我就不知道为何而写作了。

接下来又产生了"也许这样反倒好"的念头。

但思来想去,觉得这样还是不行。

傻作家

虽说自己"总算结束了,终于自由了",但说的并不是从监狱里出来。

说的是从去年九月开篇的报纸连载小说,一连写了一年多,终于写完了。

日后就不用为每天写什么、怎么写而烦恼和痛苦了。

尽管纯属私事,但这对我来说,是非常重要的事情。

以前说过,我撰写长篇连载小说就像服刑一般。当连载结束时,就像刑满出狱的囚徒一样,心情特别愉快。不过,我还未因犯罪而进过监狱,但自认为出狱的心情可能就是这样。

也就是说,这种解放了的感觉是任何东西都难以替代的。

接下来就可以把写作的重担抛到一边,任由自己尽情地飞翔。对于这种费力耗时而吃不消的工作,我再也不想干了。

其实,这不过是短暂的职业压力使然。之前为《文艺春秋》撰写连载小说时,小说结尾后也是这样的体验。

要是真吃不消并为此而苦恼的话,压根就可以不写连载小说。而我每间隔两三年,就又应报刊之邀开始笔耕了。

这方面往好里说是作家的职业病,往坏里说是自己糊弄自己。

这有点像不接受教训,还伸手偷盗的窃贼。不,比喻有点不恰当。

就像经历过分娩剧痛,淡忘后又想要生孩子的妇女。也许这样比喻更恰当一些。

这次写完小说,有一种特别强烈的解放感,这是因为身体感到前所未有的劳累,精疲力竭得有点吃不消了。

也许是年岁渐长的缘故,也许是正面描述现代保守的男女青年谈恋爱有点过头的缘故。

写这种地道的恋爱小说,执笔人没有相似的阅历是很难写出来的。

我在作品中使用了第一人称,将自己幻化为小说的主人公(男人叫久木,女人叫凛子),描述两人从相识、相知到相爱,慢慢陷于爱情的泥潭而不能自拔的过程。

尽可能地将恋爱过程写得真实、可信。实在做不到时,起码要揭示出合乎真情的心理状态。

这么说,也许会被认为是我真实经历过,而将经历直接写进了小说,实际不是这样的。

当然，要写男女之情的小说，需要有相应的体验或真实感，需要将虚构和意愿加入其中，不可能跟事实一模一样。

不过，还是需要在心理上接近主人公，努力成为其本人。

本来写男女之情的小说就很难逃出窠臼。梗概就是两个人幽会、相爱、牵手或分手。问题是如何使情节不落俗套且具有现实性。

这种情况，重要的是写法，写法必须凛然、透明且妖艳。

特别是写到性爱时，着墨一多就会成为色情小说，必须在限定的范围内写法光鲜才站得住脚。

最好的办法是让自己的心态保持在一种恋爱状态。

这跟演员努力使自己成为所扮演的角色有点相似。

也许有人会认为让自己的精神处于恋爱状态是一种享受，招人羡慕。其实，这项"演艺"工作可不得了。

对于现在正在恋爱的人，创作这样的情节也许很容易，但我作为一个老叟，要在每天写稿之时让心境跨入恋爱状态，可就很不得了。

当心境进入恋爱之地之后，有时很难解脱出来，虽然今天不想再考虑男女之间的事了，可脑海中仍不时闪现出情侣的恋爱场面。

而有时，想进入恋爱的状态，却怎么也进入不了。

没办法，我就开始回忆过去相识的某个女性，以及与某个女性欢聚或斗气之时的情景，再听听浪漫的音乐或想象美丽的场景，逼迫自己进入角色，进而催生出小说主人公的恋爱情节。

不过，常做这样的事，有时自己会突然感到骇然，感叹："我多傻啊！"

特别是这次的小说结尾，难度更大，设定的是最后两个人一起自杀，我曾翻来覆去地思索：当一个男人与最爱的女人一起自杀时，是一种怎样的心情？会祈求什么呢？

随着截稿日期临近，自我感觉劳累就是因为这个，从早到晚一直在考虑这件事，似乎变得有点不正常了。

只要大脑冷静、理性，以后就不再考虑也不写这种令人感到害臊的事了。

人们常说"傻演员"，像我这种情况，似乎应被称为"傻作家"。

现在浑身的疲劳感，应是连续傻了一年多的后遗症，治疗方法应是一概不去考虑与恋爱有关的事。

《失乐园》逸闻

对于与自己有关的事情,我不想说一些近似辩解的话。

尽管如此,有时却不由得想要说上两句。

比如,关于前几天街上发放的小说《失乐园》被改编成电影后的宣传画页以及解说词。

这画页最先登载在据说以中老年读者居多的大型周刊杂志上。

画页的结尾处名曰"抢拍",印有"我们就是'久木和凛子'"的标题,展现着役所广司先生和黑木瞳女士并行的镜头影像。

我想,知道这两个人将扮演电影《失乐园》主角的人应为数众多。

解说词中有这样一段话:"影片改编自因过度的性描写而引起热议的渡边淳一先生的小说……"

如实说,这话有点令人担心,或者说让人觉得有点不舒服。

这本小说描写的确实是中老年情侣强烈的性爱,但并不是因这一点才产生热议,而是因为人们质疑小说的结尾。在现代社会,作为一对成熟的情侣,会因纯爱而一起自杀吗?

如何现实性地写完小说,是决定创作成败的关键。我在以前的随笔中也曾反复提及。

当然,既然想要描写爱的深度,有相当深入的性描写是必不可少的。而读者所关心的并不仅限于此。

读者关心的主要是两人同死的结局。我接到了很多读者的来信,他们希望不要让两个人一起死。

说起来自己也许有点狂妄,尽管引起了热议,但我还是认为那是两个人至死不渝的爱。

想不到杂志社竟然会说"因过度的性描写而引起热议"。

假如说《失乐园》是因过度的性描写而引起了热议,我认为各种体育报上每天刊出的小说要比《失乐园》下流、荒淫得多。

另外,形形色色的小说杂志上也登载着以爱为名,实际淫秽的色情小说。在性描写过度这一点上,它们较《失乐园》有过之而无不及,但为何它们引不起热议呢?

不,还是别说不知趣的话。

至于宣传画页上的解说词,恐怕是没好好看过小说的人胡乱评价的吧。

当然,作为在一流周刊杂志上撰写文稿的记者,其措辞应当再严谨一点。

既然是发牢骚，顺便再说一两句。

还有发表在 F 晚报上的一篇评论，矛头直指《失乐园》。

"十年前的小说《化身》，场景从欧洲到靠近非洲的西班牙，规模宏大。而这次的《失乐园》，却以镰仓或轻井泽为场景，有点太应付、太简单了。"

这是拿两部小说主人公的生活舞台和旅行地做比较，尔后发出这种想当然的论调，显得单纯和无趣。

难道主人公去遥远的海外，小说规模就宏大，停留在日本本土，小说就简单了吗？

要是以此而论的话，那些以日本某城市或乡下某村庄为背景的优秀作品，岂不都成了简单而无聊的小说了？

当然，过去的私小说是比较简单的。

平心而论，无论描写多么遥远的国度或山川，只要内容空洞、缺乏内涵，就不能称之为好作品。其实，这样的作品数不胜数。

而作为文艺评价家，这么评说明摆着的事情，使人感到惊讶，或者说是感到骇然。

确实不好说出这位评论家的名字，姑且称为某文艺评论家吧。

当然，虽然这家报纸常刊出某编辑或某评论家的意见，但其实记者随意捏造的内容很多，也许这位评论家就是虚构的人物。

最后谈《失乐园》的读者来信。

连载结束一个月后，仍有读者来信谈体会，其中问得最多的是:"那两位主人公被埋进同一座坟墓里了吧?"

小说是在两个人一起自杀、接受尸检时结束的。

因为两人的遗书上写着"请把两人葬在一起!",读者可能很介意之后的结局。回答这个问题是很难的。

一般来说,有妇之夫和有夫之妇一起自杀时,不管其在遗书上怎么请求,都不太可能被安葬进同一座坟墓。

考虑一下久木的妻子和凛子的丈夫的感受,自然就能理解。即使两人中的一方同意放弃骨灰,另一方也未必会同意将两位主人公埋入同一座坟墓。

比如,有岛武郎与波多野秋子一起自杀后,岛村抱月(日本文艺评论家、剧作家)与松井须磨子(明治时期的日本话剧大明星)双双殒命后,以及近期的太宰治与山崎富荣同赴黄泉后,好像都没有被埋入同一座坟墓。

有不少人体谅两个人的意愿,也有志愿者为两位死者建比翼冢或建纪念碑。

由此看来,久木和凛子进入同一座坟墓的可能性不大,但可以在轻井泽的一角悄悄建立起两个人的纪念碑。

他们活着的时候那样相爱,情侣关系那样牢固,死了之后还要被分开。

要说可怜,还是很可怜的。不过,他们的骨灰虽不能葬在一起,但灵魂是永不分离的。

而活着的人们依然会根据现实来判断他们是否幸福。

在我心中,两个人正如胶似漆地牢牢结合在一起,饱尝爱情的甜蜜。

总为自己辩解

最近,我打高尔夫球的球技很差。

以前是九十多分,最差也得九十二三分,前几天曾三次都超过一百分。谁知一周后竟跌破了最差纪录。

"到底怎么了?"我歪着头思索。其实,我心里很清楚原因。

高尔夫球的成绩不好,并非始于近日。

从今年年初开始,不,追溯一下,应该是从去年年底开始,成绩就变差了。

这源于自去年九月开始撰写报纸连载小说。

小说连载两三个月后,我埋头于写作,高尔夫球的成绩就渐渐变差了。进入今年后则进一步恶化,自夏至秋,一直在一百分前后徘徊。

话虽如此,可为何在报纸上连载小说,高尔夫球的成绩会变得那样差呢?

也许有人会觉得不可思议,其实这与这篇小说的内容有关。

小说描述了一对有情人相遇后痴狂地相爱,一味地沉湎于情事,最后在同时达到幸福的巅峰时一起自杀了。

写这样的小说,需沉溺于主人公的情感之中,一味地埋头于那种意境。

一个人日复一日地沉浸其中,无暇顾及其他,高尔夫球的成绩自然不会理想。

男女相拥缠绵不已的性爱世界与蓝天之下挥杆竞技的体育世界截然不同。

小说中的情侣一味地闲居家中,沉湎于爱。而现实中的我则在明媚的阳光下与亲密的伙伴们在绿茵毯上东奔西跑。两种意境大相径庭,而随时跨越意境,任由思想驰骋是万万做不到的。

写小说时,我沉浸在男女缠绵的意境当中,所以高尔夫球的成绩差是理所当然的。

我刚从那个"糜烂"的世界里走出来,成绩好才怪呢!

在两种意境中进进出出,毕竟是件困窘的事情,于是,我就开始退而求其次:写好小说就行,高尔夫球打不好也没关系!谁知这样一来,就不怎么想打高尔夫球了。

今年的八月到十月,常有人邀请我打高尔夫球,但都被我拒绝了。

人往往会对自己的不足之处进行辩解。

大到人的生活方式,小到输了麻将牌,一切都会为了顾及颜面而辩解,这似乎算是人的通病。

这一年来,对于高尔夫球的失利惨局,我推说是因为小说,好像有一定道理,内心也感到爽快。

有人关注到我成绩的下滑,遗憾地对我说:"今天比平时差啊!"我就找理由说:"因为每天都在写淫荡的小说。"对方听了,莫名地感到惊讶,而我却对如此之说窃窃自喜。

直到今年秋天,虽然我高尔夫球的成绩依然很差,但内心还是感到很快活。问题是连载小说到十月中旬就已经结束了,可高尔夫球的成绩仍然上不去。

甚至球技也变得更差了。

这就无法再以搞创作来进行辩解了。

当然,我十月底才刚刚写完小说,还有点意犹未尽。

小说结尾半个月后,我一拿来稿纸,就会下意识地写出主人公的名字,思想也会进入那种意境。可能是长期以来自己连续不断地写特定人物,身心慢慢地融入人物之中而难以自拔了。

好像这一点不仅限于作家,演员也一样。

很久以前,我和大竹忍女士对谈,她说她在一部戏里扮演腿脚不好的主人公,演出结束一个月后,她仍习惯拖拉着腿走路,费了好大劲才改正过来。

虽然十月份我还处于这种状态,但内心确信:用不了多久,身心都会慢慢回到运动的世界。

谁知过了年以后,我的成绩还是一点也没改善。

按理来说,小说的影响已经没有了,但球技却仍无起色,这是怎么回事儿呢?

这可不能将责任归因于写小说了。

没有什么新的理由可以辩解了吧?

然而,自己还是牵强附会地想出了这么个理由:现在正在把连载小说改编成单行本。

由于再次贴近那种意境,打起球来没劲头。

可能有些人会予以谅解,但如实说,我并不开心。

为什么呢?因为这种再创作不仅比连载时的着墨少很多,而且也无须埋头于那种意境。

为何高尔夫球的成绩非但没有改善,反而越来越差了?

这到底是怎么回事儿呢?

前几天与人打比赛,某朋友对我小声嘟哝了一句:"你最近打不好了。"

"不……"我马上加以否定,本想像之前那样辩解,可突然又陷入了沉思。

"是的,打得没有以前好了。"我话锋一转,承认了自己的不足,内心也浮起了一丝愧疚之意。

为何我一直做不好这么简单的事呢?只要我诚心地查找不足,马上就能提高嘛!

"只是最近打得不好罢了。"

我似乎有点强词夺理,嘟哝了一句连自己都说服不了的话。

"还不是因为写了一年多的淫荡小说!……"

看来无论何时何事,人都会为自己辩解。

爱写婚外恋

我外出演讲,一般最后设有提问答疑的时间,而有时会遇到意想不到的提问。

前几天在某个会场,有人提问:"您为什么总写婚外恋呢?"

提问题的是一位四十四五岁的女性,她着装整齐、举止文雅,话音带有诘问的语调,可能属于做事严谨、不允许搞一点歪门邪道的那类人。

这类人比较难对付。

当然,人家提任何问题都可以,我必须做出答复。

如实地说,我写婚外恋故事,并不是为写而写的。

我写男女情事,都是写他们激情燃烧,写绝对疯狂而炽烈的爱,并非不完整的爱。

初衷往往是写正常的男女关系,可写着写着,不知不觉就发展成了婚外恋关系,我绝非下笔就想写婚外恋的。

我说出创作过程的变化后,那位妇女露出了似懂非懂的疑惑表情,我进而做出如下说明。

我并非不想写正常婚恋的夫妻之爱。

然而,写风流倜傥的丈夫与美丽温柔的太太在自己家里激情相爱的小说,会有多少人看呢?

我这么一说,会场里爆发出一阵哄堂大笑。

也不是得到了众人的支持而自得,我进一步地做出补充说明。

夫妻之爱确实符合伦理,是道德的,受国家法律保护,但这属于司空见惯的爱。我不想写这种爱。

而是想写一些违反道德伦理或被称为"畸形爱"的非常强烈、非常痴狂的东西。

当然,出版这些小说,会碰到各种障碍,但仍然值得去写。

假如你是个创作恋爱小说的作家,恐怕也希望写这种激情燃烧的爱吧。

当然,社会上并不缺写夫妻之爱的文学作品。

高村光太郎的《智惠子抄》就是这类文学作品的代表作。这类作品基本是以夫妻一方精神上有问题或身体有恙为前提,或者夫妻都在肉体或精神上有缺陷。

可以说,除去这类作品,基本是婚外恋小说,在男女关系的不同描述中,婚外恋是重要的主题。

我说到这里,那位女士好歹算是理解了,轻轻地点了点头。

想写激情燃烧的爱,而最后往往写成婚外恋的原因背后,掩藏着很重要的现实。

可能您也会想到,对经年的夫妻来说,彼此之间已经不存在激情燃烧的爱了。

也许有人说不是那回事,有的夫妻之间就存在激情燃烧的爱。但我认为那只是转瞬即逝的现象,既不炽烈,也不会持久。

两人同住在一个屋檐下,整日柴米油盐酱醋茶,了如指掌的彼此激情猛烈地燃烧,就好比强迫已经吃饱的人再吃东西。

其难度也许男人比女人更易感觉到。

这么说吧,男女一旦成为合法夫妻并被双方亲友和社会所承认,两个人的激情就会随着耳鬓厮磨而逐渐淡去。

这一正常的现象,并未被一些人,尤其是正要结婚的男女认识到。

证据是婚礼上的两个年轻人看对方时都充满爱意,看似很幸福。

人们会对他们说:"祝贺你们!""祝你们恩爱有加,永远幸福!"但这可能吗?

依照刚才的婚外恋理论而言,似乎是在说:"你们今天喜气洋洋地结婚了,慢慢就难以产生激情燃烧的爱啦!从这一意义来看,今天是与激情燃烧的爱的告别之日!"

话当然不能这样说,如果这样说了,不仅新婚之人会怒目而视,其家人亲属也会怒发冲冠。

出席婚宴的人们对此或有着切身的感受,或有着一定的认知。

心里明白而嘴上却不说,道出的尽是溢美、赞扬与恭维之词。

当然,夫妻之间并不是没有爱。

这种爱可能与激情燃烧的爱不同,是一种被社会所承认的安乐与享受,是与燃烧的激情相去甚远的一种不冷不热(温水式)的感情。其中有着自己的爱能得到法律保护的确认感和安全感。

只要有这些就足够啦,有人会这么想,但也有人希望婚后也要保持激情燃烧的爱。

然而,这是任性和臆想,要同时得到燃烧的激情和安全感是很难的。

无论多么努力都只能得到其中之一的话,你会选择哪一个呢?

这里似乎可以有三种说法:

首先,我们决定从今天开始获得安定的生活。

其次,我们决定从今天开始燃起炽烈的激情。

再次,我们同时追求生活安定和激情燃烧。

第一种意味着结婚,第二种是婚外恋宣言,第三种则暗示着不久的将来的别离。

前几天,新婚的一对夫妻好像崇尚第三种说法,在此只能说他俩贪婪。

向往的鞋拔子

我一直想有一个好的鞋拔子,这不是什么特别的东西。

那是一种柄特别长,比普通尺寸长一倍的鞋拔子。

令人意想不到的是,去鞋店和百货商场都买不到这玩意。

我想要柄长的鞋拔子是有原因的。

一般的鞋拔子长度只有四五十厘米,最多长为六十厘米,雕有或印有各种各样的图案,外国制造的也不少。

而我所需要的鞋拔子最短也要七十厘米,一米以上的更好,长度是一般鞋拔子的两倍。

一般家庭都不备有这么长的鞋拔子,只有高级饭店才有。

饭店客房的门口常备有长柄的鞋拔子,当客人要穿鞋离开时,掌柜会快速地递过来。

高级饭店为何有长柄的鞋拔子呢?想想经常光顾这种地方的

人群就能得出答案。

出入新桥或赤坂的一流饭店的客人,大多是工商界或政界(现在减少了很多)的头面人物,上了年纪的人居多。

年轻的五十来岁,而大多是六十来岁到七十来岁,肢体动作已不灵活。

特别是那些起坐都不方便的老年人,参加宴席时多为传统的和式房间。某饭店甚至在电梯里也安装上座位。上年纪的老人腰腿不便,屈膝蹲下来穿鞋很吃力。

此刻,这种柄长的鞋拔子就会发挥威力。

用上它基本不用屈膝下蹲,站着都可以穿上鞋。

总之,感觉既省力又舒服。

你想得到它吧?要是有人这么说,我会无言以对。不过这玩意用起来确实方便。

当下我的腰腿尚有力气,并不用靠这玩意来穿鞋,但总觉得这种鞋拔子是好东西。

而且有的鞋拔子设计相当别致,近乎艺术品。

鞋拔子多用不锈钢材料制成,有的高级饭店特别讲究,只选竹制或木制的。

为何百货商场里不出售这种鞋拔子呢?

是人们对这种鞋拔子无需求、不关心,还是有需求而信息没有传达给生产厂家呢?

自己就想要个长柄的鞋拔子,奈何无处寻觅,也就心死了一半。谁料想前几天,我在一个意想不到的地点又发现了这种鞋拔子。

这个地方就是宫崎大洋喜来登酒店。

哎呀,房间的壁橱里悬挂着我一直向往的鞋拔子。

这个鞋拔子由橡树刳制而成,外形很好看,上着淡淡的褐色。握柄上拴着的绳是褐色的皮革,与握柄很相配。

鞋拔子拿在手里轻轻的,既好用,又雅致。

这与在新桥看到的那个鞋拔子相比毫不逊色,不,应是更加雅致。

我当场就想占为己有,但这是酒店的东西,不能随意拿走,可我又不死心。

宫崎冬天比较暖和,隔窗可瞧见沐浴着阳光的大海,走到窗外的松林中,可以俯视绿色的高尔夫球场。

房间不错,景致也好,只要在这里住下去,就能随意使用这个鞋拔子了,但总不能为了这个而一直待在这里。

那该怎么办呢?

于是,我的脑海中浮现出了悄悄偷走的想法。

因为之前某酒店的总经理曾说:"客房里的某些东西,如果被客人顺手拿走,酒店是认可的。"

比如浴室里的肥皂、化妆水以及早餐套餐,还有拖鞋、小毛巾、烟灰缸等,这都是些低价值易耗品,被拿走也没办法。

这些东西被客人带出酒店,也有宣传作用,酒店也早预料到会丢失。

如果乘机把大浴巾、长袍或吹风机拿走,那就不行了。

不过,据说曾出现过把墙上的挂画和电视机拿走的奇葩,真是人外有人,天外有天。

那么鞋拔子呢?这玩意可不可以拿走呢?先不说是非曲直,估计是不行的。

再说柄太长,也无法悄悄塞进包里。

思来想去,我最后下定决心跟酒店交涉一下,把自己的喜好如实地告诉酒店,让其按买入价出让给我。

拿定主意后,我诚惶诚恐地告诉酒店总经理。总经理流露出深感意外的神情:"您那么喜欢这东西吗?"

于是,我就没完没了地夸赞长柄鞋拔子既好用又方便,还上档次。总经理时而展露出温和的笑容,时而展现出困惑的表情,最后点了点头,慢声细语地说:"我想可能有库存,如果您觉得合适,请带走吧!"

交涉成功后,我感到莫大的欣慰,随后请人把鞋拔子放进细长的盒子里,带上了飞机。

现在,这个鞋拔子仍挂在我办公室的门旁,使这里具备了和高级酒店毫无二致的雅趣。

然而,这鞋拔子只有我自己用,对于一般的来客,我仍把原有的短柄鞋拔子递给他们。

正月不回家乡的人

想不到马上就到年底了,腊月的街上人们匆匆忙忙。

有种说法,十二月太忙乱,以致忙乱得"师"也需疾走,所以叫"师走"①,不知是真是假。

据说这种场合的"师"包括僧侣,尽管如此,仍觉得缺少点说服力。

将此写为"极月",读作"gokugetu"②,乃是十二月的通称,是月度到了终极的意思,有真实感。

称作什么姑且不论,人一旦进入十二月,不知为什么,确实就会感到忙乱。

当然,不是所有人都忙乱,如果说人人都忙乱,那就有点言过

---

① 日语中的十二月写作"師走"。
② "極月"的日文发音。

其实了。

不过，与平日相比，街上确实挤满了车和人，超市和百货公司也都很拥挤。

这些人，大多是兜售年底赠品或年末购物的。灯火辉煌的大街上熙熙攘攘，也可能是因为忘年会在增多。

可能也有人平时工作忙碌，因为有连休假，想在假期之中做完全部事情。换言之，不过是为了连休假而忙碌罢了。

与当今相比，过去的人们年底更忙碌。

老百姓基本上靠当天的收入维持生计，其中有的人还背负着债务，为了设法过年，不得不到处奔走购买廉价商品。

那时的贫富差距比现在严重，因受到人情世故的束缚，总不能负债潜逃。

由此看来，现在的日子很舒适，有的人尽管负债几十亿日元，但仍然可以平静地庆贺新年。

不管怎样，在过去，人们为了过年而进行室内外大扫除、装饰房间、准备年夜饭、捣年糕，忙碌是很自然的事。

现在基本上没有人像过去那样为过年做准备了，特别是在城市里，准备工作很简便，简单地打扫一下卫生，然后去百货公司，一趟就可以把年货置办齐全。

尽管如此，人们仍感到忙碌，这是为什么呢？

恐怕是为了新年休假旅行和消遣做准备而忙碌吧。

僧侣或老师们现在就在为忘年会而奔波。

每到年底,我和年龄相近的伙伴们都会举行一个"大型垃圾会"。

这是大家欢乐相聚、一起欣赏高尔夫球的一个聚会。

因为上了年纪的男人到了年底一般不远行,要是无所事事地待在家里,就化为了"大型垃圾"。

大家快乐地相聚在一起,共同体验两天一宿的高尔夫球旅行,何乐而不为呢?

刚开始时,大家对"大型垃圾"这个名字多少有点顾虑,现在却顺理成章地接受了。

不仅是男性,若干女性闲来无事时,也逐步演化为"大型垃圾"了。

特别是无子女者和子女成家立业者,她们年底没有多少事可做。

闲暇时间不好打发,想和丈夫一起外出旅游时,丈夫又不愿出行,无奈,女性们只得结伴出行。

前些日子,我跟某妇女谈及此事,对方说:"我们办个'大型垃圾会妻子分会'好吗?"可能这个会现在已经成立了吧。

一般从年底到正月,孩子就不用说了,父亲、母亲、丈夫、妻子都有闲暇时间。

因此,大家争先恐后地出去旅游,或去乡下,或去海外,以致飞机、轮船、火车、汽车全部满员。

总之，如果人们没去某个地方，就会觉得自己像没赶上公共汽车一样，内心也会感到不安。

这就是所谓的"没乘上公共汽车症候群"。

当然，也有很多人即使有闲暇也不出行。

一旦决定不出行，他们就待在家里看看报纸或电视，觉得这样格外轻松、舒适、惬意。

有时会看着电视上报道的公路堵车、景点人满为患的情景。早晨起来洗个澡，喝点小酒，看自己喜欢的书籍，感觉自由自在。

至于那些既不出行又不甘于这般寂寞的人，则会预先约定性情相似的伙伴聚在一起。

这些人均属"悠然睡觉过年假"一族，这种人一见面即有所谓的同病相怜的感觉，很快便会意气相投，变得亲密起来。

比如那些在银座或新宿的酒吧工作的女性们。

这些人以单身居多，只要不和平日合得来的女伴去海外，基本都会待在东京。

我想她们原本可以回家乡，但或许有不能回去的缘由，也可能是不愿意回去。

一般来说，男人巴不得休假回乡下省亲，而不回老家的女人却出奇地多。

男性要是和这类女性关系亲密的话，趁年假求爱倒是个机会。

战争中趁敌方虚弱时大举进攻是兵法秘诀，而两情相悦者趁对方寂寞时求爱，则是追逐女人的得胜秘诀。

过去我有个朋友,他对家里人说年假去滑雪,结果从除夕到过年一直和女朋友在一起,最后牢牢地抓住了女朋友的心。

并不是非得被人催促着出去旅行才算过新年。

改变一下主意待在家里,也可以寻找到别的快乐。

体悟感冒

刚进入正月,我就感冒了。

这次感冒的症状是发高烧。

只要发高烧,头和关节就会疼,继而喉咙疼、流鼻水、咳嗽等。这些症状都是由发烧引起的。

测了一下体温,为三十七点五摄氏度。

如果是小孩或年轻人,这点发烧不算什么,但如果是中老年人,那可是相当高的温度。

人到五六十岁,发烧到三十七点五摄氏度就算高烧了,相当于孩子发烧到三十九摄氏度左右。

发烧时一般人都会赶紧去医院,而我的原则是靠药来解决问题。

当然,如果单纯地考虑退烧,去医院注射药物最直截了当,但其疗效是暂时的,药效一旦减弱,还是会发高烧。

与其去医院打点滴,还不如好好地服用成药,保持血液中的药物浓度,使体温慢慢降下来。

再说成药大多是这方面的专家精心调制的,不会有什么问题。

我这么说,也许有人会反驳,医生不也是专家吗?如果说成药是制药公司豁出性命研究开发出来的可能有点夸张,但厂家确实是投入了相当多的人力、物力才开发出来的。

之所以不太相信某些医生的处方,一是因为医生的水平参差不齐,二是和我从事过医疗工作的体验有关。

过去我当医生时,看过得感冒的患者,也开过药,但对疗效不大有自信。

当然,我是外科医生,开药时必须审慎地全面思考。其实内科医生也未必每次都能让患者快速痊愈。

总之,日本人有点病就去医院,他们轻视那些临床证明有效的成药。在国外,人患了感冒这样的病,基本上没有人去医院。

幸运的是,有的药店过年期间照常营业,正好对我有利。

喝了新买来的成药后,仍没完全退烧。

不是一点作用也没有,而是喝了药后睡一晚上,次日早晨烧就退了,可中午又会发烧。

面对这种情况,几乎所有的人都劝我去医院,但是我不去。

因为人患感冒头三天很不容易好。

体力弱或过于劳累的人免疫力低,这时往往会被选中。虽然这么说有点荒唐,但他们是被选中才患感冒的。

换言之,其身体的抵抗力不足以抗击感冒病毒的侵袭。

一旦感冒,破城而入的感冒病毒军团会乘势大量地集结,体内的抵抗大军只得慢慢地撤退。

过上三天,因为静养和药物的作用,抵抗部队的援军会从四面八方汇集而来。抵抗大军重整旗鼓,转入战略反攻阶段。

第三天处于势均力敌的对抗状态,闯过这一关,抵抗大军就会扭转态势,反过来击退病毒军团。

所以,感冒的第三天是个转折点,之前是病毒军团占优势,之后则是抵抗大军进行全面反攻。

正因为如此,医生之间才有此私下暗授的秘籍:"感冒患者请求出诊时,不要去得太早,要晚点去!"

假如不照此办理,接到求诊马上去治疗,事后患者会说:"那个医生的治疗丝毫不起作用。"

不知是福是祸,很多患者初患感冒时,想用家里的成药顶住,服用两天后仍不见好,第三天就会担心,于是就去医院了。

到医院后他会请医生为其滴注药物。因为见效快,他还会赞扬医生"手到病除!"。

其实,只要过了前三天,服用药物也能完全治好感冒。

我每次感冒后,都是从第三天开始吃药,第四天就感觉轻松了,第五天感觉自己已摆脱了感冒。

这里重复一下,能够说感冒好了、已经摆脱了感冒,这一感觉很重要。

因为感冒,新年应完成的稿子不得不往后推迟。

身体可以治好,但自己的毛病就是请大夫、抓药也改不掉。

商量一下，就离婚了

好像松田圣子女士和神田正辉先生离婚的消息出了号外特刊，传达给了全国各地的粉丝。

听到这个消息，可能会有人批评、担忧日本人患和平痴呆症或赶时髦，其实这用不着哀叹和难过。

一对明星的离婚风波被编成号外特刊，不外乎证明日本是和平的，大家不必去吹毛求疵。

因为这毕竟是活生生的现实，所以出这样的特刊也不足为奇。读者无须对此感到愤慨。

比起号外引起的骚动，饶有趣味的是两人的分手过程。

据周刊杂志说，正月里，圣子女士患了感冒，在家里待了好久，夫妻有了更多相处的机会，两人好好商量后，一致同意离婚。

因为患了感冒，所以才有机会慢慢商量离婚。这一点让人感到啼笑皆非，或者说是实在有趣。

她要是不患感冒，两人没有机会商量分手，也许就不会离婚，婚姻状态也还会持续。

换言之,因为患了感冒在家休养,有了商量离婚的机会,才促成了家庭的解体。

当然,两人可能常年在外奔波,很少见面,无暇顾及感情上的事,但离婚的根本原因应是感情变淡或性格不合。另外,两人都是明星,因为工作紧张,会经常感到焦躁与烦恼,这也成为分手的重要因素。

更进一步地说,也许她患感冒也是一个成因。

因为身体不好时会感觉心烦,若对方提出离婚,便没有耐心地随口应承:"你愿分手,那就分手吧!"

离婚各有各的理由,而这两人"好好商量后,一致同意离婚",还是让人感到非常有趣。

不是觉得两人婚变这件事有趣,而是觉得这里隐藏着夫妻之间那难以想象的微妙之处。

一般认为,夫妻或恋人只要两人坐下来慢慢地促膝长谈,就能互相明白对方的心思。

当然,这种互相明白一般具有朝好的方向发展的积极意义。

然而,有时却事与愿违,促膝长谈后结局往往会变坏。

如果有人问为什么,当场则很难回答。但归结到根本原因,是因为男人和女人是不同的生物。

也就是说,男人和女人是截然不同的。不仅成长环境、目标和价值观有异,而且生理、心理也大不相同。

正因为有差异才会互相吸引,但发生难以调和的纠纷时,这种差异会更加鲜明地突显出来。

如双方都逞强的时候,你有来言我有去语,因无关紧要的小事争斗逐步升级,两人的隔阂会进一步加深。

这导致男人和女人会做出如下叹息:

"没想到他是这样的男人。"

"真是一个与我的想法完全不同的女人。"

明确地说,这样的争论从一开始结局就很明确。

对此,可能也有人不明白,但那只是因为被"爱"这一糯米纸包裹着,没有看到问题的本质。

换言之,只要将这糯米纸剥落,男人和女人就可能会成为互不理解的陌生人。

世上虽有不计其数的夫妻,但未必都相爱。

其中有不少糯米纸已基本脱落的食色男女。

那两人为何还要在一起呢?

原因可能形形色色,但相同点是某一方不从根本上深究,而在适当的地方做出了妥协。

虽然有时想深究,但觉得这样不好就又作罢了。

两人靠着这方面的避让和平衡勉强维持着夫妻关系。

我说这些可能会受到某些人的责备:"哎呀,你是想说深入地商讨没意义吗?"

当然,责备并非不可,但这些人需要在两性这一根本问题上加深认识。

我似乎是在说暧昧的妥协论,但男人和女人之间关系的维系确实需要反复地妥协。

妥协,再妥协,最后忍无可忍时再分手。

换言之,男女之间的关系一旦被深入地探讨,分手速度就会加快。

神田先生和圣子女士也许命中注定迟早会分手,但因为深入地商量过了,便提前有了结论。

可能有人认为这很好,有人认为这很不好,恐怕商量一下就离婚这种案例是为数不多的,也是因人而异的。

"正因为如此,我在家里基本上不和妻子交谈。"

说这种话的大叔很多,但大家不要误会了,他们只是上班累了而已。

不过归根结底,这可能会给家庭关系带来一定的影响。因此,可以说夫妻关系既是妙不可言的,又是不可思议的。

橘子"患癌"

我喜欢吃柑橘类的水果,而且经常吃。

吃得最多的当然是橘子,其他如葡萄柚等也吃了不少。

柑橘类果实富含维生素 C 及其他多种微量元素,吃了对身体好。

不知何故,最近上市的橘子有点不正常。

也许只有我感觉到了,近来橘子的皮很难剥掉。

过去的橘子皮虽厚,可用指头一剥,马上就能剥掉。近年来的橘子皮虽薄,却难以剥掉。

可能是因为薄皮的橘子甜味浓重,是新开发的品种。

这样虽然不坏,但味道太甜的话,酸味就会变淡,就失去了柑橘酸甜适口的独特味道。

再说皮太薄的话,容易把皮撕得零碎和不齐整。

我觉得不正常并不是单纯指橘子皮薄。

而是某些部位的橘皮与里面的橘瓣紧密相连且发硬,像疖子。

有时橘皮剥到半截很顺当,但遇到疖子就难以往下剥了,硬要剥的话,就会弄破里面的橘瓣,致液汁流出。

起先我以为这只是个别的畸形,想不到这种情况很多。有的橘子有两三处疖子,让人觉得这是畸形橘。

橘子的这种疖子令人感到害怕,因为这跟人患了癌症很相像。

癌症肿块的特征是质地较坚硬,边界不清晰,容易与周围的组织强有力地粘连在一起。而橘子的疖子与此极为相似。

橘皮和里面的橘瓣紧紧地粘连在一起,想要把它们分离很不容易。

再说粘连可能会一点一点地向周围扩散,医学上把这种状态称为"弥漫性"。

为什么橘子会这样呢?

问水果店的老板,他也答不上来,只能歪着头琢磨。

有些堆放在一起的橘子的疖子过于明显,有些成堆的橘子则基本上没有疖子。

当然,这都是同一种类的橘子,似乎有着产地的差异,但我分辨不出来。

总之,这种疖子让人感觉很不舒服。

于是我便进一步地探究,扒开多个橘子看,有的橘子疖子粘连到皮、瓣都无法分辨的状态,以合而为一的状态深置于橘子内部。

如果硬要除去疖子部分,橘瓣的表皮就会被撕破或粘连到一些果肉,这会使橘子出现很大的残缺。

如果把橘瓣的表皮比作胃黏膜,疖子就跟渗透到黏膜内侧的恶性肿瘤差不多。

如有好几个这样的疖子,就跟癌症转移很相似,已呈现橘子"患癌"的"晚期症状"。

一想起这样的事,我就不想吃橘子了。

特别是疖子多的橘子,怎么也不愿意吃。对此是否应置之不理呢?

正因为从医时看过恶性肿瘤的实物,所以就浮想联翩,担心得不得了。可能大家早已发现这一现象了吧。

我的性格属于那种一担心就放不下,所以对橘子的取舍犹豫不定。为此,我决定问问实际栽培橘子的果农。

现把了解到的情况记述于下。

首先是近年来橘子甜而皮薄的原因。

橘子如在收获期前遭遇频繁降雨,甜味就会下降,故果农会在橘子树周围铺上苫布。

据说这样做雨水不会直接渗入地下,甜味就会增强,皮也会变薄。

好像这种做法越来越普及,特别是生长在塑料大棚里的橘树,老早就开始控制水分,使果实皮薄味甜,应时上市。

另一个是橘子上的疖子。

据说每年九月橘子即将成熟时，会大量发生椿象虫害，这玩意爱刺破橘子。

好像橘子被椿象蜇后，橘皮和橘瓣都会被弄破，但橘子照常成长和膨大，而两者粘连的部分则以瘤节状的形态保留了下来。

当然，有多个这种瘤节的橘子就表明曾被椿象多次剧烈地蜇过。

由此可知，在椿象虫害大量发生的地区，出产的橘子瘤节多，在椿象虫害很少的地区，橘子瘤节少。

听人这么一说，我马上就明白了，但明白归明白，仍有一些不能释然的地方。

首先是橘子被椿象蜇后，就会长出那么大而硬的疖子吗？

我想大家对椿象并不陌生。它主要靠吸吮植物的汁液存活，人一触碰，它就会释放出独特的恶臭。

因此让人不禁产生这样的疑问：被这虫子蜇过的橘子是不是渗进了毒素？

这毒素在收获期前分解了还好，如果分解不了，就不好办了。

我还有一个疑虑：有什么证据可证实橘子上的疖子是椿象蜇过后形成的呢？

但果农说没问题。情况是否属实，恐怕只能去询问蜇过橘子的椿象了。除此以外，别无他法。

谈不上演技

我参演电影《失乐园》的消息,被刊登在了体育报上,周刊杂志也登出了照片。

因此,最近每逢见到人,人家就会问我:"听说您演电影啦?"弄得我面红耳赤。

说是参演电影,只不过是短短的几秒钟而已,仅有朝走过来的黑木瞳女士点点头的镜头。

如果这就算参演电影的话,未免有点太过夸张。

不过,事已至此,辩解也没有用。明确地说,我出镜是角川书店的总经理和导演安排的。

事情起因于我的惰性。

一般小说原作被改编成电影时,作者为激励工作人员而去一趟摄影棚已成惯例。

原先我的作品被改编成电影时,曾去过几次现场。但是因为最近很忙,而且去大泉的摄影棚路途遥远,所以便没有去。

过了些日子,人家说要就近在品川的酒店里拍电影里的宴会场面,希望我设法去参加。

这是黑木女士所扮演的主人公凛子在入选书法展时召开庆祝宴会的场面,扮演凛子恋人的役所广司先生也会出场。

我曾和黑木女士见过几次面,但和役所先生是初次相见。趁此机会不仅可以同时见到他们两个人,而且到品川只需二十分钟。

于是我决定前往。对方又说希望我饰演宴会的参会者,拍几秒钟的镜头。

原先曾有几位作家出演过用自己的作品改编的电影,如英国的希区柯克、日本的松本清张等。特别是松本清张先生,曾饰演过两三次尸体搬运工等普通角色。

我并不是要刻意模仿他们,只是觉得作为宴会的参与者无须演技,就接受了。对方说希望我穿着和服来。

就这样,我和责任编辑们一道去了。但去了之后,方感到大为意外。

据说我饰演的角色是书法展的审查委员会主任,有和黑木女士说话的场景。

别开玩笑!我根本就不会表演,只是作为出席宴会的一个普通食客而来的。

我马上拒绝了。但他们说镜头已规划和配置好了,我只需向黑木女士说一句"祝贺你!"就行了。

无奈,我只能"俯首就擒"参与实拍。

好在镜头只有短短的几秒钟。

黑木女士在会场里转了一下,碰到我后向我鞠了一躬,我对她说"祝贺你!",台词说得死板极了。

第二天的报纸上却说我沉着地进入了角色,简直岂有此理!

我那时就像个毫无演技且受人操控的机器人。

错误的根由在于受到导演引诱而去了拍摄现场,后又经不住劝说而稀里糊涂地接受了角色。

我在心里暗暗发誓:以后绝不再做这般荒唐的事,不,是令人害羞的事。但现在后悔,为时已晚。

但是能够见到两个主要演员,我还是感到幸运。

我有点像《失乐园》的主人公那样问役所先生:"你有过跟女人死而无憾的那种恋爱吗?"他歪着头思索了一会儿说:"很遗憾,还没有……"我又问:"你喜欢女性吧?"他应承道:"嗯,哎呀……"

役所先生曾在机关①工作过,故取艺名为"役所"。他是个很严厉的人,也难怪导演预先提出要求:希望他略带本色地去出演。

他因出演《谈谈情,跳跳舞》而成名,这个人的长处是有恰到好处的生活感,也有男人稀缺的"含羞"。

我认为近年来这种类型的男性减少了,"含羞"这个词已从小小的词典里慢慢地消失了。

---

① 日本的政府机关叫"役所"。

所谓"含羞",不言而喻是指"腼腆""害羞"。

凛子的恋人是个舍得在女性身上花费精力的热情之人,还有一定程度的"含羞"。

这就需要找一个风度翩翩且"好色"的男演员。

要是在过去,可以物色像森雅之那种类型的演员,而近年来,已很难找到这种类型的男演员了。

这里顺便说一下,我也问过黑木女士:"你有过跟男人死而无憾的那种恋爱吗?"她也是一边歪着头思索,一边报以微笑。

不做明确回答,可能是未曾有过吧。

优秀的演员可以根据剧情需要把感情注入角色,到了实拍时能尽情地展现出来。

看到各种演员我想到:演员是肉体的脱衣舞表演者,作家则是精神的脱衣舞表演者。

我对着稿纸,很快就会进入主人公这一角色,可以毫不羞涩地表现其内心世界。但如果进行肉体表演,马上就会觉得害羞,什么也表演不了。

而人家演员却在有几百万人观看的电影摄影机前尽情地展露表情和肉体,表现各种各样的事情。

据说他们在表现同一种事情上,也分肉体派和精神派。

我这次在剧中的演技就差得很。尽管如此,一想到自己的形象会出现在银屏上,就感到羞涩和忧郁得不得了。

现在我净想亡羊补牢:不能设法把那个镜头去掉吗?

加工修订小说

去年刊登在《日本经济新闻》上的连载小说《失乐园》,将于本月二十日出版单行本,开始销售。

前几天,我把这件事告诉了一位朋友。朋友反问我:"才出单行本?你之前干什么了?"

"之前……"

我一直没闲着。但他感到疑惑的心情是可以理解的。

连载是在去年十月中旬结束的,现在已经过了年,到二月底了。

自己休眠了近四个月。

不,不应称为休眠,但确实过去了相当长的时间。

小说从连载结束到汇编为单行本一般需要一到两个月的时间。

因为小说已经成形了,可以快一点出版。而出版单行本时,出版社为了压低印刷费用,一般不交给像印制杂志那样快、费用偏高的印刷厂印制。

何况单行本的封面装帧、扉页以及套在书下方的所谓腰封的设计与制作都需要工夫。

而且为了保证质量,要慎重地反复校阅,避免出现错字或内容错误等,这都需要一定的时间。

因此,至少要耗费一个多月的时间,但出版这本单行本经历了四个月,确实有点太过漫长了。

不过,我也有可以申辩的理由。

首先是小说连载虽然已结束,但不能原封不动地把它汇编成书。

当然,原封不动也并非不可,但我常在原有基础上进行各种加工。

就是所谓的加工修订,我的小说单行本大多会经历这个过程。

"没必要这样,从一开始好好写就行了。"如果有人这么说,我也无话可答。但明确地说,报纸连载和单行本是有很大不同的。

报纸连载小说读者一般一天读一次,速度从容,在开头或结尾往往还会有重复的内容。

为了保持连贯性,有时还会附加一些必要的说明或叙述,以便读者回想起前一天的内容。

再加上需要突出重点和在结尾处添加引人下次还想看的那种总结,可以说每次都会掀起一个小小的高潮。这方面感觉跟电视连续剧有点相像。

如果纯粹地把每天的连载内容拼接起来,就会成为有点重复且冗长的小说。

当然,单行本的阅读一般是一口气看完或几天内看完,可以说读者具有较快的浏览速度和一定的紧张感。

这就需要大量增删,同时对添加的注释部分做进一步修改。

如实说,这种修改前后进行了两个月。

一般情况下,几乎所有的作家在把连载小说汇编成单行本时,都会做适当修改,只不过有人改得明显,有人改得不是那么明显。

我这么说,好像把自己归成修改内容多的代表了。

说"好像"是因为我并不觉得修改的内容多,而编辑常说我"修改了很多!"。

因前几次改了很多,故编辑附上了一句带挖苦的话:"谢谢您有力的修订!"

我订正的内容确实不少,有时会将校样搞得乌黑,应该属于修改内容比较多的那一类。

此刻我的脑海中又浮现出之前的责任编辑的面庞和他欲言又止的话:"为何要改那么多呢?不能订正得少一点吗?"

可能这篇文章的编辑也会这么想。

说起来,我大篇幅修改的最大原因是最初的稿子质量粗劣。

如果自己当初向报社提交的是反复修改后的稿子或接近完成的稿子,当然就不用修改太多。

这一点我虽然心里清楚却做不好,只能说是性格使然。

我从一开始就没写出规范的稿子。

对此，我应做深刻反省。但请允许我辩解一句，我一看到之前自己写的文章，就想修改，总觉得越修改就会越好。

换言之，无论自己提交了什么样的完成稿，一看到校样，就忍不住想要修改。

更何况发现有缺陷的文章，一改起来就没完。

这样没完没了地加工修订，编辑会叫苦不迭，劝导我"别再修改啦！"。

这次《失乐园》的加工修订，大致进行了三次。

也就是说，一校、二校、三校都进行过修改，在修改这上下册近六百页稿子的过程中，两个月很快就过去了。

也许有人会感到疑惑：竟花那么长时间修改？！但每当我反复浏览时，还是会发现有令人遗憾的地方。

当然，无论怎样修改，虽总有不尽如人意的地方，但小说的基本构思和故事不会发生变化。

连续不断地修改，以致快到时限了，编辑好像有点不耐烦了。据说校阅和印刷厂也都感到有点惊诧。

不知是不是这个缘故，上周在横滨京急百货公司举办的"渡边淳一文学展"上，编辑展示了我弄得乌黑的校样。

当然是《失乐园》的校样，旁边还特别标注着"精心校正的一部分"。

虽然表面看起来顺风顺水，但其背后似乎潜藏着编辑的"仇视",我对此不得不采取视而不见的态度。

顺便说一下,《失乐园》单行本的末尾特意标注着"刊行之际,进行了大幅修改"。

这末尾也渗透着编辑的情感。

签名售书

现在,我来到了京都。不是为了消遣,而是为了在某处做演讲,然后参加签售会。

签售会确实好久没开了。

一般在演讲完之后,偶尔会受人之托给人家签名。这种打着"签售会"的旗号兴师动众地开展的活动,已有近十年没举办了,不,也许时隔更久。

像我这样上了年纪的作家开签售会,也是很稀奇的。

因为之前觉得不像回事,所以我一直拒绝开签售会,唯有这次被动员出来了。

结果究竟会怎样呢?说实话,我心里也没底。

第一次举办签售会是在二十七年前,当时河出书房刚出版了我新写的长篇小说《花逝》。

现在已是文艺评论家的川西政明先生当时还是年轻编辑,他建议说:"咱们开个签售会吧!"

虽然我已经拿到了直木奖,但当时还没有名气,不知开签售会好不好。川西先生鼓励道:"受邀开签售会的作家不是很多,这应是一件很光荣的事。"我便应允下来了。

在我的出生地札幌的某书店,我坐在店里套着白罩的桌子前,迎候买书的人。

这家书店在读者下班后的傍晚或周六、周日等业余时间时人多,我记得当时是周六的下午。

虽然几天前就在书店入口处打出了签售会的时间通告招牌,且摆得十分显眼,但光顾的客人寥若晨星。

不是说寥寥几人,而是只来了二三十个人,其后就没人光顾了。

签名售书的方法是因人而异的,我是在书的封面之下的扉页左上方写上购书者的名字,在左下方写上我自己的名字。

刚开始是用万能笔写,后来换成了毛笔蘸墨汁写。

书店店员先把买书人的名字写到小纸片上,我再依照纸片写到书上。

这种做法虽花点时间,但客人的名字马上就能写好,如果进行得顺利,一本书有三十秒就足够了。

刚开始时我有点紧张,书和纸片一到手,就慌慌张张地签名,然后马上交给对方,无暇顾及客人的容貌。

因此过了十分钟,客人就没有了。

明确地说,从这时开始,我就觉得尴尬了。

因为没人光顾,书店店员也觉得过意不去,所以便拿起麦克风冲着街头喊:"现在在一楼书籍柜台举办渡边淳一先生的签售会。请赶快来买书签名,机不可失,时不再来!"

尽管语言诚恳,但仔细听来,有点胁迫人买书的意味。

我听着这些话,觉得自己如同街头被拍卖的香蕉一般。

虽然我觉得用不着那样呼喊客人,但店员为生意着想,拼命地为我做宣传,所以我也不能吹毛求疵。

没办法,为了掩饰无聊,我便喝着茶打开了记事本浏览。过了不久,一个似曾相识的大婶朝这边走过来。

她不买书,而是直接走来,这让我感到有点纳闷。待走近细看,发现是以前住在隔壁的一位大婶。

这是在我的出生地举办的签售会,大婶的出现原本不足为奇,但因为太过突然了,我感到有点不知所措。

不,也许感到不知所措的是大婶。

"阿淳,好久不见啦。你在这里干吗呢?"

她问"干吗?",确实令人感到困窘。

"嗯,哎呀……"我含糊其词。

她只说了句"向你妈问好!",就转身走了。

当然,她没买书。

举行签售会最令人感到难堪的就是没人光顾。

签售会虽然只举行一个小时左右,但没顾客就会觉得时间很漫长。

这样,签售会也就名存实亡了,有的作家因为讨厌这种情况,所以不参加签售会。

我最初就应当预估到这种情况,应根据排队的人的数量,尽可能慢吞吞地签名。

如果连日期和场所都写上去的话,时间就会仍有剩余。

川西先生热情地鼓励我说:"没关系,咱们堂堂正正地来就行!"

他说得倒不错,但一个人孤零零地端坐在套着白罩的桌子前,面对着无人买书的情景,确实需要勇气。

最令人讨厌的是那些不买书而在远处围成半圆看热闹的人。

总觉得此刻自己成了众人嘲笑的对象。

当时,书店方面很照顾我,不仅店员都行动起来买书了,而且他们还动员朋友买书。尽管这样,时间仍很宽裕。

可能是看不下去了,书店的一位女店员先给自己买了一本,接着又给妈妈和妹妹各买了一本。

这是很难得的,我都感到过意不去,觉得怎么感谢都不够。不知那位温柔的女士现在是否还喜欢看我的书。

这些都是往事。这次的签售会可能不会那么寂寞吧。

负责人对我说:"这次的签售会一个小时弄不完啊。"这倒使我紧张起来,但愿签售会一帆风顺吧。

与读者面对面

拙著《失乐园》刊行之后隔了好久，我参加了签售会。

当时来了很多读者，我忙碌了很长时间，最后才松了口气。

其中有人排了很长时间的队才得到签名。我虽然深感歉意，但仍非常感谢他们。

这是一种真实的感受，仅待在书房里是怎么也弄不懂的。

签售会的最大好处是可以直接接触到自己作品的读者。

这次来购书的读者形形色色，上至八十六岁的老叟，下到十六七岁的少女，男女比例根据签名的时间段而有所不同，大致是四比六，女性略多一些。

如果这些人当中有人对我说："我已经读过十几本先生的书啦。"我就想跟他握手。

提到握手，以前要求我与其握手的基本上是年长的女性，而近来多是二三十岁的男女青年，也不乏五十多岁的老男人。

握手是一种礼貌和情感交流,原以为男人腼腆得多,一般不会要求握手,但近年来男性变得女性化,也可能男性也想坦诚地表达自己的心情,要求握手的情况越来越多了。

这次购书的男性中,上年纪的五六十岁的人为数不少。可能是因为作品的内容,加上我自己也上了年纪,倒是很愿意与读者握手交流。

有的男性读者还拿来了将报纸连载片段裁剪下来装订在一起的小册子,这令我非常感动。

有的人还与我谈感想,也使我受益匪浅。

当然,大部分读者并不说话,但凭其真挚的表情就能看出他们认真阅读过我的作品。

拥有众多粉丝,确实很难得。

这次购书的读者中,也有一些二十岁上下的年轻人,我还担心他们看不懂这种写大人性爱的言情小说。

也许他们有这种兴趣,我便问了一下:"喜欢这种小说吗?"他们脸上有的露出困惑的表情,有的报以苦笑。

也可能是突然被人问到,不知如何作答吧。

里面有个年轻的女士轻声地说:"我买来是送给妈妈的。"

哦,怪不得呢。但一位十六岁的女孩直接干脆地答道:"我觉得能看懂。"

由此看来,人们在憧憬爱情这一点上,不分老和少。

比方说几天后要考大学的一位补习学校的学生。

我问他:"买回去就看吗?"

他先是回答"对",接着又自我解嘲地说:"考试之前再着急也没用,可以抽出时间慢慢读这本书。"

他将错就错的态度很棒,但是他后来的考试合格了吗?

男性中最年轻的是一位十七岁的高中二年级学生,他好像从报纸连载上看过一些片段。

我问他:"喜欢这样的小说吗?"

"嗯……"他有些腼腆地答道。

这部小说叙述的是一对已经不再年轻的情侣痴情相爱并同时自杀的故事。但是这种专情,本来是属于年轻人的。

井原西鹤或近松门左卫门所写的殉情故事,大多是江户时代的男女被贫困生活、地位差异以及人情世故所困扰,以致无处容身的悲壮殉情。

可以说这在当时的社会是逃避现实的结局,现在已经没有人不得不为生活贫困、人情世故而赴死了。

现代社会男女殉情的悲剧,都是为爱而放弃一切,沉湎于爱而造成的。

这么看,最有可能做出如此之举的,也许是年轻人,特别是一味追求纯粹爱情的年轻人。

年轻人大多不怕死。换言之,要越过死这一障碍,就需要像年轻人一样具有压倒性的集中力和能量。

人到了三十来岁或到了中年,随着精力的下降,就会害怕死而执着于生。

到了五十来岁,随着生活观念的转变,又开始感到死亡的临近。

签售会的最大好处是可以直接接触到这些各异的读者,受到教益,接受刺激。

我在众目睽睽之下给人签名,可谓窘态毕露,但是和支持自己的人见面并直接聆听其教诲,我又会涌出新的热情。

也许比喻不太恰当,这种临场感受有点像政治家选举之时与拥戴自己的选民接触,充满了兴奋和感激之情。

这种真实感是宝贵的,政治家们也正是感受到这一点,才变得更坚强、更有信心。

相比之下,那些在中央政府机关纸上谈兵的高级官僚们则显得虚伪和不负责任。

只要是作家,无论是多么清高的人,其内心深处或多或少都装着读者。这并不是谄媚读者,作家在撰写文章时,确实会联想到读书之人的感受。

总之,签售会上与购买自己作品的读者面对面是最刺激、最惬意的事。他们提出的意见和建议,将成为我创作新作品的最大原动力。

人应千差万别

最近,克隆人引起了人们的关注。

这是因为在美国,猴子被克隆并取得了成功。但这并不能马上适用于人。

其实人们用不着为此感到诚惶诚恐,可未来的可怕却是新闻界喜欢热议的话题。

克隆动物先是蝌蚪,后又波及羊和猴子,因而有人开始担心快要轮到人了。

然而,人这样复杂的生命体能被克隆吗?

现状是百分之百不可能,但就科学的未来而言,也不能说不可能。

单从理想化这一点来看,克隆化倒是不错的。但人类社会是纷繁复杂的,起码有伦理这道坎。

美国等很多国家开始大力反对,似乎还出现了要求法律给予限制的动向。

在日本,这早晚也会成为一个议题。大家首先想到的就是对自身的克隆。

假如能够复制出一个和自己一模一样的人,会怎样呢?

恐怕大多数人觉得,如果另一个和自己完全相同的人来到自己面前,这是绝对不行的。当然也有人不这么认为。

比如某白手起家的公司老板可能会这样想:克隆出一个和我一样的人,让他经营这个公司,我就省力了。

当然,克隆出的人没有掺杂他人的基因,绝对与自己亲近,这要比生养个顽劣的败家子强。

对于理想化的社会来说,宜于克隆某些社会精英。

比如,在美国的调查中,人们首推的是特蕾莎修女,然后是比利·格雷厄姆(牧师)、米歇尔·菲佛(演员)、迈克尔·乔丹(篮球运动员)、罗伯特·雷德福(演员)、比尔·盖茨(企业家)等。

假如社会上净是这样的人,世间会变成什么样呢?

不言而喻,这个世界并不完全是由优秀的人物组成的。

先说说特蕾莎修女。

假如这世上净是特蕾莎这样充满博爱的人,她的存在价值就会变低。

同样,雷德福、菲佛这样的俊男靓女,正是因为有丑男丑女的存在,才把他们衬托得形象可人。如果净是俊男靓女,他们就成了平凡一族。

篮球运动员乔丹也一样,如果各地都有球技出众的优秀运动员,他也就不会再受人关注了。

说到这里,您就能明白,无论是多么博爱的善人、出色的男女、强悍的健将,都因为有他人的衬托,他们才会受到人们的尊重和爱戴。

如果能够成功克隆人,最可怕的就是会出现无数同一类型的人。

如果克隆出一批绝顶聪明的社会精英,就需要再克隆出一批脑子愚笨、四肢发达的体力劳动者。

假如世上单纯地存在这两种人,经济可能会最有效地运转,社会可能也会取得惊人的进步。

但这并不是多么棒的事情,仔细想想就能发现,这跟先前的日本企业或社会有点相像。这种理想的社会状态,在泡沫经济破裂以后凸显出了弊端。

如果克隆出过多同类型的人,一旦遇事人们就会无法协调。当自然环境或社会环境发生变化时,没有各种类型的人,社会是无法重建的。

之前有个女演员想只用卵子生个孩子,结果引起了人们的议论。这一想法可谓独出心裁,让人感到奇异。

但正是由于各种各样的男人和各种各样的女人结合,才诞生出了千差万别的人。

假如人只有一种类型,也许早就随着地球温度和自然生态的变化消亡了。

充满多样性才是人类之宝。

东大女生占两成

据说今年东京大学(以下简称东大)录取的新生中,女生的占比达到了百分之十九点一。

说得通俗一点,如果有五个东大学生,其中就会有一个女生。

新生当中,东京出身者的占比为百分之三十三点一,占总人数的三分之一。如果扩大到关东圈,占比则为百分之五十一点四,即每两个学生中就有一个是关东地区的人。

有的报纸用惊叹的语气报道了这一现象。那么,对此他们是应该感到惊叹呢,还是应该举手欢迎呢?

据统计,处于高考阶段的十八九岁的孩子,男女比例基本上持平。

如果东大按男女各占百分之五十的比例录取新生,可以说就掩盖了人与人之间的学力差异。

东大的新生不可能每两个人就有一个是女性。现在是每五个人中就有一个女性,显得女性较少。

因为新生录取完全是按成绩来的,即使女性的占比达到了五分之一,也不值得大惊小怪。

说起来,东大新生中的女性占比在逐年上升,这应是一件值得高兴的事。

人们之所以小题大做,持有男性都应该去东大这种人才济济的学府这一成见,是因为其背后隐藏着一种偏见:男性应该比女性聪明。

再进一步说,也许这些人心存一种惶恐或不安:如果照此发展下去,社会迟早会变成女性玩弄男性的时代。

也就是说,这与以男性为主的社会被瓦解相联系。

这种对女性增加感到惊讶和困惑的根由,恐怕与长期以来人们对东大的过高评价有关。

在人们的心目中,东大应是聪明超群的优等生才能进入的学府,而男性的自尊心又使得男性自以为比女性聪明。

以上两点,会让人们产生一种错觉:东大的学生基本上应为男性才对。

如果把对东大的过高评价降低一些会怎么样呢?

假如东大是任何一个城市里都有的幼儿园或托儿所,男性和女性各占一半就不足为奇。不仅如此,你还会觉得非常自然。

再就是我们需要重新认识一下聪明。

明确地说,在聪明程度上,人们一直认为女性要比男性逊色一点,这主要是因为与男性相比,女性做学问的机会和环境不完备,并不是脑子笨。

若论根本能力,女性一点也不差,是现有的社会条件限制了女性的合格率,只要社会条件得到改善,优秀的女性自然就会增加。

尤其是在巧妙领会和全面掌握被灌输的高考知识这一层面,女性比男性适应能力更强。

当然,大脑的思考能力包括方方面面,如思考力、想象力、创造力以及应用力、判断力、决断力等。

而现在的高考并不测试这些东西。

与其说男性在当今的应试竞争中趋于衰退,不如说原先的获胜主要得益于男权社会。

至于东京圈出身的人被录取的数量多,则是因为这一地区的教育环境好,师资水平高,学生得到的良性刺激多,并不是因为居住在这一地区的年轻人大脑特别聪明。

总之,学力是受到环境等各方面因素制约的。

不管怎样,如果希望男性占比大幅提高的话,就需要在现有测试科目的基础上,加上百米短跑或举重等爆发力测试项目,否则,男性不会有压倒性优势。

但如果增加的是对持续力、集中力等的测试,男性就更处于劣势了。

不言而喻,这些方面的能力还是女性比较强。这样下去的话,东大将来录取男性的比例只会越来越低。

男性之所以一直居于女性之上，可能是因为女性长期受到男权社会的压制，她们不仅很难得到上学的机会，而且也被种种人为的禁忌所束缚。

而现在，若干条条框框已被消除，女性可以自由地走入社会，故东大女性占比增大是一种自然趋势。

时至今日，已无须再对此感到惊叹或困惑。

虽说东大的学生中女性在增加，但不必为此事实感到不知所措。

如果说东大对社会的最大贡献是培养了大量脑子灵活而不务实事的高级官僚，那么高学历女生则完全可以胜任他们的工作。

之前就有男性饱含真情实感地说过："怎么也比不过老婆啊！"

其实，现实正在向这方面转变，用不着大惊小怪。

评说鸡蛋与香蕉

今天说说鸡蛋和香蕉。

如果我问大家这两种东西的共同点是什么,估计经常买东西的人马上就能想到。这两种东西都太过便宜。

鸡蛋和香蕉是日本二十年来价格涨幅最小的两样东西,也是当前最便宜的两样东西,极具代表性。

如实说,因为我很少在外买东西,故对当今香蕉和鸡蛋的便宜程度感到惊讶。

在水果店里,一挂香蕉的标价为一百五十日元至二百日元。

当然,也要看体积大小和品级高低,一挂大致有五六根,若按五根来计算,单根价格为三十日元。

熟得那么好且光泽如蜡的香蕉,一根才三十日元,便宜得让人惊叹的同时,也让人为它感到悲哀。

以前香蕉可是水果之王啊!

小时候一看到水果店里挂着的香蕉,就会悄悄流口水。碰到夜市上的摊贩贱卖香蕉时,我就会认真凝视一会,然后买一挂犒赏自己,品着令人陶醉的香甜味道,心里爽极了。

在那个年代,香蕉是公子哥儿们的食物,能吃到香蕉的家庭是富裕的家庭,平民平时很少吃香蕉。

而现在,香蕉却如同大甩卖般地被出售。

就像以前的没落贵族一样,令人为其感到悲哀、感到心酸,同时也感到惋惜。

以前的香蕉为何那么贵,而现在的香蕉为何这般便宜呢?

可能是因为以前香蕉的流通慢,其中又潜藏着很大的利权,据说日侨大亨和政治家都与此有牵连,难怪那时香蕉能成为奢侈水果。

假如是这样的话,我们现在应为香蕉放下贵族身价而感到高兴。纵然如此,也实在太过便宜了。

暂且不论理由,只希望香蕉先生的价格再稍微高点,不应输给胡萝卜,起码一根标价在一百日元左右。

否则,那个边咽口水边斜眼瞟视着水果店里的香蕉的懵懂少年就显得太过可怜了。

从前我眼中的贵族水果不再被人理睬,我甚至觉得连自己的价值观也被否定了。真是可悲啊!

另一个和香蕉同等命运的是鸡蛋。

十个一盒的鸡蛋标价为一百五十日元至二百日元,不,好像大减价的时候只卖一百日元左右。

若按一盒一百五十日元来计算,一个鸡蛋仅为十五日元。不,一盒卖价低于一百日元的时候,一个连十日元都不值。

竟有这样荒唐的事情?!

不言而喻,鸡蛋以前是盒饭之王。

自己上小学的时候,要是谁的盒饭里有鸡蛋,大家都会说"厉害!丰盛!",还会走过去看看。

吃鸡蛋的小朋友会在众目睽睽之下,流露出既有点自豪,又有点困惑的表情静静地咀嚼。贫穷人家的孩子只能躲到一旁,远远地看着他用餐。

一般家庭的孩子的盒饭里,只有在参加运动会或远足郊游时才会有鸡蛋。故而有的孩子巴望着开运动会能吃上鸡蛋。

另外,在患感冒时也能吃到鸡蛋。

当放有鸡蛋的稀粥端到自己面前时,顿时就觉得病好了一半。

但为何鸡蛋现在这么便宜了呢?

据说,现在养鸡场饲养的都是小型肉用鸡,平时人们把它们关在不能行动自如的狭小笼子里,一个劲儿地喂食,还把抗生素掺在饵料中,增强其体质,晚上还用强光照射,让其不停地下蛋。而每只鸡产下百余个鸡蛋后,就会被杀掉卖肉。

我一看到被低价出售的鸡蛋,就想起那些受虐待的鸡,觉得它们太过可怜,令人感到气愤。

相比之下,香蕉还算可以,不会受虐待。

因为香蕉是香蕉树所结的果实,经过阳光照射才会结果。

虽说可以用小型肉用鸡来产便宜的蛋,但是十日元一个鸡蛋也有点太过分了。

看看鸡产蛋的艰难过程,就自然能理解这句话的含义。

母鸡每下一个蛋,都有着相应的喜悦、悲哀、辛酸和疼痛。

我们没有理由廉价地吃鸡忍受着折磨和疼痛产下的鸡蛋,更不应廉价地抛售一百日元一盒的鸡蛋。

我们应当怀着感激之情吃这种营养十分丰富的东西,并倍加珍惜鸡蛋的来之不易。

否则,就是人的傲慢与无知。这既是对生命的不尊重,也是对生物的亵渎。

人们在很早以前,都是非常珍惜地吃每一个鸡蛋,生怕浪费掉。

因为这是一件活物,内中有生命,所以才这样好吃、这样贵!人们会一边这样想,一边慢慢去品味。

假如现在人们依然这样想、这样品味,就有点难能可贵了。

梦中会妈妈

今天睡至凌晨时,我意外地梦到了妈妈。

妈妈已经去世三年了,平时很少梦到她,不知为何,今天早晨却与妈妈在梦中相遇了。

梦中的场景是妈妈端坐在札幌的老房子里,戴着老花镜在看书。

我误以为她在看我写的书,内心感到很慌乱,但不知什么原因,总看不清书名。

为此,我便想方设法转移妈妈的注意力,让她放下书来,但妈妈装作听不见,看书看得入了迷。

我从梦中醒来后,大脑仍然迷迷糊糊的,却又思虑起妈妈为何今晨入梦。

去世前已很少看书的妈妈在饶有兴致地看我写的书,是因为惦记我吗?

"儿子最近出了本名叫《失乐园》的书,好像很畅销,看看到底写的什么。"

也许妈妈是出于这样的心理,才突然"回到"这个世界来的。

我想看看书名,她却怎么也不让我看。妈妈是不是在看《失乐园》呢?

我喊她,她也不搭理我,可能是过于专心致志了。

不,不是,也许她是因为感到惊讶:哎呀,儿子竟然写出了这样令人害羞的事!

总之,她是担心我才入梦的,这好像没错。

"虽说书很畅销,但你可不要沾沾自喜呀!"

"你已经上岁数了,要注意身体!可不要胡来!"

以前经常被妈妈提起的话语,此刻又萦绕在耳边,我不由得嘟囔道:"我没事,不用担心,您最好多关爱一下自己。"

"我没事的。"

经常这样说的妈妈,却在三年前离我而去了。

如实地说,如果妈妈真要阅读我写的小说,我会感到害羞,或者说不好意思、难为情。

或许妈妈也会有跟我一样的心情。

当年我决定当作家,将要离开札幌时,妈妈哭着表示反对,奉劝我"别加入那种行当啊!",以致后来她从不评价我写的东西。

也许是对我死了心,觉得对入错行的儿子发牢骚没用,觉得我天生就是不听话的儿子。

当然,我没给妈妈寄过一本我写的书。

理由很简单。我不想让妈妈看我写的书。妈妈也不会向我索要这些书。

只是我偶尔回到札幌的家里,有时会看到起居室的玻璃柜里摆放着我写的书,便感觉有点郁闷。

哎呀,妈妈在偷偷地看呢。

这既让人感到高兴,又让人感到困惑。说实话,我真想对她说:"别再看啦!"

在我真正开始写男女关系的小说后,这种困惑就产生了,后来则进一步加剧。

如实地说,这类小说真不想让妈妈看。

当然,也不想让家里其他人看,但这一心理又和不希望妈妈看有点区别。

前者是感觉看了不好,后者是感觉有些害羞。

奇妙的是,如同父母在孩子面前一直做父母一样,孩子在父母面前也希望永远做孩子。

假如某一天两代人的关系突然发生逆转,彼此的立场也会随之改变。

不知儿子是跟哪儿的女性干这样的事,还是想干这样的事才这样写的。也许我的母亲会这样想。

真是这样的话,可让人受不了!所以我一边在心里嘀咕,一边不时地瞥视书架。其实书架上并没有摆放着我写的男女关系的小说。

是妈妈害羞不想看呢,还是虽看过却假装不知而故意掩饰呢?现已无从知晓。

当我写真正的男女关系的小说时,身边的人是如何看待我的呢?这最令我感到困惑。

如果写历史小说或推理小说,就没有这种担心,也相对容易去写。这么说,大概不算过分吧。

而写男女关系的小说,与其说不好,不如说没有多少价值,是一件费心劳神的工作。

换言之,这是一项纵然如此却越写越利己且自恋的工作。

当然,我和妈妈从没提过写描述男女关系的小说的事,因为我和妈妈都忌讳这件事。

话虽如此,可妈妈突然进入我的梦中,或许是想说一句话。

"你竟然写这样的事?!"她叹息道,然后接着问,"是我不在了以后,你才放心地写的吧?"

的确,如果妈妈在,也许我就创作不出像《失乐园》这样将爱写到极致的小说了。

也就是说,妈妈和《失乐园》不能同时存在于这个世界上。

也许妈妈还会对我说:"你的好色,如果是一种病的话,或许还能治好,如果不是病,可就难办了。"

看来妈妈就是为了说这事,才从那个遥远的世界特意来到我梦中的。

金钱与勇气

创作小说不仅需要确定较大的主题和结构,而且也需要设计非常详细的情节。

有人说情节的积累就是小说,这说明了情节的重要性,如果被忽视,读者看小说的兴趣就会减半。

当然,作家非常重视情节的铺叙,会小心翼翼地把小说写下去。

我经常听到不少看过《失乐园》的男性发出"太羡慕主人公久木啦"的感慨。

这表明他们极想体验一次和漂亮的已婚女子爱得要死、亲得要命的恋爱。

有这种臆想是理所当然的,我作为作者也非常理解,但他们后面又说到"要像那个男人那样有钱才行"时,事情就变味了。

因为这句话的背后潜藏着这样一种解释:"我要是有钱就会吃

香,没有钱才不吃香啊。"

的确,久木并不贫穷。

他在大型出版社工作,虽在五十三岁时被降职调到了调查室,但名义年收入仍为两千万日元。虽然实际收入会折扣掉三四成,但到手的也有一千二百万日元到一千三百万日元。

这一收入是高还是低取决于评价者自身的贫富,唯有一点可以明确的是,这一收入水平在某些行业可谓比比皆是。

大型出版社自不用说,连日经[①]、朝日[②]这类大型报社我也全部采访过。他们认为书中所说的年收入完全站得住脚。

五十三四岁的员工,两千万日元的年收入算是平均数。

其中既有当董事的人,也有像久木这样被降职调动的人,具体数字略有差异。凭久木的阅历和业绩,两千万日元的年收入并不算特别高。

附带说一下,银行和证券行业的高管,年收入接近这个数额,有的比这个还高。

大型商社高级职员的年收入也接近这个数额,但同等职位的则比报社略低。

相对低一些的是工厂职员,到了五十来岁,年收入也就一千万日元多一点。

---

① 《日本经济新闻》的简称。
② 《朝日新闻》的简称。

通过以上调查可以看出,久木的两千万日元并不是人们常说的"令人羡慕"的金额。可能在中小企业工作的人们看来,会认为"久木拿得太多啦"。

他们或许还会说出一句令人不快的话:"报社和出版社的人拿那么多钱,还能算平民阶层的友人吗?"

收入少的是平民阶层的友人,收入高的则是平民阶层的敌人。这种思想不仅太过单纯,而且也太拘泥于自己的感觉了。

彰显久木生活富裕的另一个方面是他经常和凛子去各种各样的地方旅游。

羡慕这个的大部分男人会感叹道:"他们竟能去那么多地方啊!"

然而,小说中两人所到之处,不过镰仓①、箱根②、日光③、修善寺④和轻井泽⑤这五个地方,且凛子的别墅就坐落在轻井泽。其余四个地方离东京的车程仅为两小时左右。

一年多就去了这么几个地方,能算是令人羡慕的奢侈吗?

久木经济宽裕的另一个原因是没有住宅贷款的负担,且独生

---

① 地名,位于神奈川县东南部。
② 地名,位于神奈川西南部。
③ 世界文化遗产,位于栃木县西北部。
④ 地名,位于静冈县伊豆半岛北部。
⑤ 著名的避暑胜地,位于长野县东南部。

女已出嫁,妻子也在某个瓷器公司上班。

这样的经济条件,带着挚爱的女子每两三个月去一次旅馆,有那么难吗?

就算是住高档房间,有十万日元到十五万日元也足够了。

假设每两个月去一次,平均每月也只需十万日元而已。

对为一个年收入为两千万日元的人来说,不过是九牛一毛。

当然,两千万日元是名义收入,实际能自由支配的钱,也就一千万日元多一点。尽管如此,每两个月出去旅游一次还是能消费得起的。

这么说,那些有同等收入的男人们应该有同感并感到信服吧。

"如果是这种收入,就能消费得起。"

"大家用不着那么羡慕久木嘛。"

我跟男人们这么一说,大家纷纷责怪银行代发职工工资的制度很糟糕。

现在几乎所有的企业都把工资一揽子汇入银行账户,工资比较透明,所以妻子把丈夫的工资揽到手去管理的情况在增多。

丈夫们被置于一种无可奈何的处境:自己工作赚到的钱却不能自主消费,零花钱还要向妻子讨要。

"久木先生是怎么处理的呢?"有人问道。

小说里的确没写。我告诉他们,在久木和凛子关系变得亲密以后,久木把一部分工资存入了自己的账户。

而我话音刚落,大家都说这一理想很丰满,而现实很骨感,不容易做到。

我说不管怎样,一个月十万日元的零花钱还是省得出来的。

大家虽对此认同,但很难对妻子说清钱的去向。

一两次的话尚能打马虎眼,但妻子了解实情后,该怎么办呢?有个人轻声问我:"久木先生不害怕妻子知道吗?"

"因为他已经想和挚爱的女人一起赴死,也就没什么害怕的了。"我这样回答。大家心领神会般地点了点头。

"我们觉得难办的不是筹钱,而是害怕太太,所以不敢去做那样的事。"

看来关键还是勇气的问题,他们此刻说这些话已经够直白了。

所以,他们这样觉得也说得通:那个叫久木的男人是个有钱、有胆且令人羡慕的家伙!

江户时代的婚外恋

提到"婚外恋"这个词,似乎有点像是陈词滥调,不讨人喜欢。但要说到"不义密通",脑海里就会浮现出江户时代秘不示人的男女幽会图。

"不义密通"是"不义"和"密通"的组合词,好像"不义"指的是"违反男女正常交往的道义","密通"则是"男女私下通奸"的意思。

不管怎样,与"婚外恋"相比,"不义密通"的渲染力要强得多,可以让人在脑海中勾勒出一男一女秘密幽会、拼命交欢的场景,并重新认识到汉字所指内容的强大。

最近,历史学家氏家干人先生出了一本直接命名为《不义密通》的书,我有幸在前几天听他做了讲述。

这时我才知道,江户时代存在着很多不义密通的现象。

仅仅看到那四个汉字,就让人感到拘谨和难为情。当时社会上不义密通的人为数不少，无法一一列举，只能说相当多。

居住在平民区的工商业者之间，常发生这样的事。据说在武士人群中也时有所闻，令人感到惊讶。

据说在那个时代，如果发现武士与谁的妻子或女儿不义密通，两人就会被捆在马上游街示众，然后还会被绑到柱子上当众斩首。

"他们一点也不害怕吗？"

"要说不害怕，那是瞎说，好像那时已忘了害怕。再说他们很难上断头台。"氏家先生冷静地回答了我的提问。

什么？什么？难道在市内游街示众尔后被斩首是错误的吗？

"不是没有这样的事，而是极少，极少。一般的密通，都会不了了之。"氏家先生解释道。

用现在的话说，就是大家会置若罔闻，谁也不去告发。

当然，当时有通奸罪这一说，且通奸的女人要遭受比男人更加严厉的惩罚。

有意思的是，绝大部分丈夫即便明知妻子有地下情，也不去追究。

理由更是千奇百怪……

当然，如果丈夫向上申诉，妻子必遭严惩。但如果这样做，被戴了绿帽子的丈夫同时也会失去作为武士的体面，成为众人嘲笑的对象。

这就有点"赔了夫人又折兵"了。

所以，很多丈夫明知妻子有地下情，也会忍气吞声，佯装不知，充其量会在自己家中严厉斥责或体罚妻子，顶多也是私下里分手。

然而，妻子本来就是因为讨厌丈夫才搞婚外恋的，所以就算被休，也不争不吵。这样反倒还能换得自由之身。

丈夫让妻子获得通奸罪的罪名，在现实中没有意义，反倒还会成为让自己颜面尽失的助推剂。

故而在武士成群的社会里，虽然明知妻子搞婚外恋，但提出分手的丈夫却不多。

这种现象好像已经延续到了现在。当下这种丈夫也比比皆是。

看来无论社会怎样进步，科学和文化多么发达，男女之间的情事是基本不变的。

江户时代的武士都这样的话，那么工商业者的不义密通之多，应该也是不言而喻的。

那么，他们是在什么地方密会呢？

那时既没有现在这样的情侣宾馆，也没有别致的都市酒店，他们是怎样避开众人的目光而幽会的呢？

当然，这个问题问得有点愚蠢，人为了爱，会想尽所有办法。

比如江户时代的游船，以成为密会场所而扬名，两个人做爱时，会以划船或摇桨来掩人耳目。

那时候，像样的小餐馆也会成为密会的场地……就看你怎么去想象，也许那时比现在还方便。

实际上，之前遗留的痕迹现在并未消失，人形町就有用黑板墙环绕着的天妇罗店。

步入所谓的宴席天妇罗店,首先就被领进包间,在这里可以吃到小菜和生鱼片,尔后还会被引向油炸场去吃天妇罗。

被女招待领着向前走,隔着油炸场可以看到情侣们都是相向而坐。

店主人把一组份炸完,启动自动装置旋转半圈儿,接着炸下一组份。因油炸场中间有隔栅,所以客人不站起身来就看不到炸制过程。

吃完天妇罗,客人可以再次回到包房,就着小菜慢慢饮酒。当然也可以在那里与心上人亲热一番。

要说起来,一对男女包一个房间是相当奢侈的,哪怕是在地价便宜的江户时期也不得了,或许提供密会服务还要加价收费。

其实这种就餐和休闲方式不仅限于天妇罗店,鳗鱼店和砂锅鸡店也这样。接着上面的话题说,关键是看你怎么想,怎样才算便利。

明确地说,这种样式的不义密通,谁都假装不知。

虽有法律规定,法律也没有失效,但现实就是这样。

细思一下,通奸罪也好,行贿受贿罪也罢,在日本数不胜数,法律得不到遵守,可能是因为其条款与日本人的风土人情不相适应吧。

总之,日本人的好色和放纵在世界上是为数不多的,如果用西方基督教社会的戒律审判它,可以说是弄错了对象,或者说是太不现实。

连载四百期

我总是在周一写这一系列的稿子。

因为周一是每期的最终截稿日。

今天是周一,必须要把稿子写出来,我刚在桌子前落座,就接到责编打来的电话:"这次是第四百期!"

"什么,第四百期?……"

我回顾了一下过往,慢慢想起了这期间的概况。

虽轻松地说已到了第四百期,但其实历时还是相当长的。

如果按一年五十二周算的话,因过年休假等需出三次合并刊,算下来一年大约出五十期,两年出一百期,出四百期需要八年时间。

在这样漫长的时间里,我虽不是风雨无阻、雷打不动地按时写,但还是做到了没有间断地认真去写。

不,也许应该说是时间迫使我不得不认真去写。

幸好,这套丛书每年汇编成一册单行本。现在重新读一遍,就会联想起当年每季的世态和自己周边的情况。

也可以说是回顾个人的发展史。

那开始这一连载的平成元年①前后,自己在干什么呢?

重新查了一下连载的开端,可以确定《风云系列》是从四月八日的《周刊现代》开始连载的。

当初我模仿兼好法师②的话,说自己"闲来无事可做,想挥笔写点无聊的事"。事实是否是这样,已无从考证。

只记得连载开始后的五月中旬,我四处奔波、辗转采访,从东欧转到埃及、肯尼亚等国家。十月份又参加日本航空公司的海外演讲会,去了美国的西雅图和亚特兰大,后来又去巴西的圣保罗和里约热内卢,像鸟儿一样飞来飞去。

一九八九年发生的最大的社会事件是昭和天皇在一月七日去世,后年号改为平成。亦从这一年四月起,开始征收百分之三的消费税。

当时正处在泡沫经济的巅峰时期,索尼收购了美国的哥伦比亚电影公司,日本企业和日元即便是在海外也气势汹汹。

国际方面,柏林墙在十一月被迫开放。

正是在这一国内国际局势大动荡的时期,我开始了《风云系

---

① 即一九八九年。
② 本名卜部兼好,后世俗称吉田兼好,镰仓末期、南北朝初期的和歌人。

列》的连载。

至今已有四百期,且一直没有间断。

不用说,这其中的段落,有自己满意的,也有因内容浅显而不满意的。

作为随笔来说,并不是内容轻巧就不行,其随意和洒脱反倒会令人满意。

反之,并不是内容沉重就好,内容沉重反倒会让人感觉郁闷。

比如依靠书本知识所写的随笔,说得好像很有道理,读一次会让人觉得知识渊博,但仍免不了有拈来之物的感觉。

当然,随笔并不能完整展现作者的"自然嗓音"和"素颜",主要还得听凭报纸专栏责编的意图和安排。但作为撰写随笔的作家,我还是想如实地表达凭自己的五感所体味到的东西。

在这一点上,林真理子女士很高明,在女随笔作家中可谓出类拔萃。

林女士的随笔内容虽不深奥,但透露着被自然挖掘出的女性特有的真实姿态,让人一边笑一边感受到一股愕然的严厉。

这样的随笔,过于偏重知识结构的作者是写不出来的。

况且随笔需要具有一定的柔软性。如果拿驾车打比方的话,这有点像玩方向盘游戏,左摇右晃仍不失安全。写文章生硬的人不会玩这种游戏,他们往往表达过于直接,有时让人喘不过气来。

像林女士这般手法高明的人,写文章就很柔和,读者会被其吸引,从而对其文章爱不释手,可以说这是一种独到的技能吧。

不管怎样,我虽然是直抒胸臆地自言自语,但毕竟顺利地持续了八年。

只说四百期的话,还有点反应不过来,说出具体的数字八年,就会意识到所经历的岁月的漫长。

说起八年间每周都按时交稿,好像很中听,但其实每周都有苦战恶斗的那么一天。正是因为有着截稿日期这一严厉的皮鞭,自己才能做到。

每次都是责任编辑"扬起鞭子",冲我"抽打"。

如果说自己是迫于"鞭子"的威力才不断地写的,那编辑似乎是个坏人。但事实是缺少这支鞭子,我就写不下去。应该将这支鞭子称为"爱之鞭"。

由此,我联想起了很早以前在北海道被强制劳动的那些工人们。据说这些人是被所谓的人贩子骗来的,他们在皮鞭的威逼下修公路,最后死了很多人。

不少人因为劳动太过残酷而寻机逃跑,其中一个人设法跑掉后,又主动回来了。

"好不容易逃出去,怎么又回来了?"被称为"棒头"的管理人问他。

据说这个人回答说:"已经习惯了平时一边被人用鞭子抽打一

边干活,获得自由后,没有人用鞭子抽自己了,也没饭吃,活不下去了。"

这虽是被蔑称为"章鱼"的工人所说的话,却让人感同身受。

我觉得自己今后没有"鞭子"的威逼也能顺利地写下去,但又没有十足的自信。

梅雨季去镰仓

我在梅雨季去了镰仓。

离开东京时还没下雨,过了横滨就开始下雨了,傍晚到达镰仓时,则变成了小雨。

每年只要气象局一宣布进入梅雨季,晴天就会接连不断地出现。有时我都想挖苦一句:"你们是根据什么宣布的呢?"然而,今年的梅雨如期而至。

镰仓一带笼罩着低低的乌云,昔日郁郁葱葱的群山、碧波荡漾的大海以及海滩都在暮雨中显得灰蒙蒙的。

说是绿灰色,又有点淡。虽然此刻的景象与丽日下的湘南海岸形象相差悬殊,但我尽力使心情平静下来。

位于镰仓七里滨山边的这家酒店,曾作为小说《失乐园》开头两位主人公远道而来就餐的餐馆而登场。

因有这种关系,这里的西餐馆根据小说中提到的鲍鱼等菜品,开始提供与之相近似的晚餐。

明确地说,这与我没有任何关系。

只是这里的厨师长在看了小说之后,想象着主人公爱吃的东西,调配出一套与之同名的大餐而已。

说是与我无关,但既然与《失乐园》有关联,也不能说与我没有一丝关系。

当初这套大餐出来时,我曾来试餐,并谈过一些感想。据说最近有了名气,要进一步增加菜品。

既然是这样,我就有点担心,感觉自己不能置若罔闻。

故再次访问酒店,品尝这套大餐,遗憾的是其中某一道菜味道有点淡。

好像最近不管是哪里的厨师长都做得口味淡。不过,菜淡和没有味道是两码事。

对厨师来说,味道做淡一点显得雅致,万一客人不满,自己加点调料就够了。

也许是出于这样的本意而故意弄淡了,但若淡得过分,味道就不好了。

"把这道菜弄得稍咸一点怎么样?"我跟厨师长提建议,接着半开玩笑地补充道,"因为两个人要在饭后激情地做爱。"

被炽烈的爱火燃遍全身的两个人,也属于强体力劳动者。

入夜,雨下得更大了,远远望去,只有曲线舒缓的海岸公路和被灯光装点了轮廓的江之岛①浮现在被夜涂得漆黑的大海前。

记得两年前我曾住在这里构思小说,而现在感觉就像昨天刚刚发生过的事情一样。

第二天早晨,醒来一看,虽然雨已经停了,但乌云依然笼罩着山冈和大海。

各种绿植苍翠的叶片上凝集着晶莹剔透的水珠,展现着勃勃生机。

这时候去看紫阳花比较好。我拿定主意后,去了北镰仓的明月院。

这里又称紫阳花寺,院内培植的紫阳花就不用说了,连山门的石阶上都长满了紫阳花,梅雨季节前来观光的客人络绎不绝。

幸亏不是节假日,又适逢清晨,人影稀少,自己在雨霁的静寂中尽情享受着紫阳花之美。

原先,我喜欢紫中带红的紫阳花,而若以深绿为背景的话,则喜欢纯蓝的紫阳花。

不,也许没有纯蓝这种说法,但可以这样形容这种蓝色,只要白净的女性从花前经过,似乎连皮肤都要被染成蓝色了。

不过,紫阳花也是种令人感到不可思议的花。

好多花是在明媚的阳光下才更加鲜艳夺目,而唯有这种花经阳光照射后会无精打采、失去活力。

---

① 地名,位于神奈川县南部的藤泽市。

而在昏暗的天空下或霏霏的淫雨中,它则会恢复生机,一展英姿。

也许它是应了每年一准降临的梅雨季节,才形成了这种神秘的色彩吧。同一时期绽开的菖蒲和铁线莲等的花朵都是蓝色或紫色,可能也是为了配合梅雨而做的装束吧。

因为紫阳花五彩缤纷,所以它好像又被称作"马缨丹"或"八仙花"。

这花的象征意义是"不专一",故而有着不太高贵的意思。

其实这花的象征意义仅适用于日本的紫阳花,据说西方的紫阳花颜色不会多变。

事实上,在西方,紫阳花的花语没有"不专一"这层意思。

因此,可能有很多女性会喜欢西方的紫阳花,但仔细想来,单一的颜色是很无聊的。

正因为人心是会变的,所以努力和诚实才有意义。

据说日本的紫阳花和西洋的紫阳花有很大的差异。

那就是日本的紫阳花被雨一淋就会低下头,而西洋的紫阳花无论怎样被风吹雨打,花都一直坚挺地朝上。

听说有这种说法后,我便特意观察了一下。的确,明月院的紫阳花都微微低着头,透过周围人家的树篱所看到的西洋的紫阳花都坚挺地抬着头。

难道连花的姿态都要适应当地的风土文化吗?

于是我便重新确定孰优孰劣。

一淋雨就低头的花和越淋雨越坚挺的花,该选哪个呢?

其实人各有爱,如果把紫阳花比喻成女性,那就选日本的紫阳花;如果把紫阳花比喻成男性,那就选西洋的紫阳花。

而现实中的男人和女人则恰恰相反,这就有点没有的东西偏要想了。

有点恨不起来

近来,恶性犯罪成为人们讨论的话题。不知为什么,同是一样的犯罪,有的却令人愤恨不起来。

当然,不管是谁犯了法,危害了他人或社会,都是不可饶恕的。但是有时候,我却有点同情犯人,如果有可能的话,还想给他减减刑。

前几天,报纸上登载的静冈地方检察院一男性事务官的偷盗事件就是其中一例。

这名三十八岁的事务官任职于检察院,他从单位偷走了两盘录像带。

这当然不是普通的录像带,而是静冈县警察局从一名男人那里没收的录像带,此人因"贩卖淫秽图像"的罪名而被捕。

这是保存在检察院里的犯罪证据,而这个事务官却悄悄地把它偷了出来。

这种行为当然不妥。

抓住他的一方显然是技高一筹的人。

不知为什么,这个事务官的所作所为,让人憎恨不起来,我甚至可以理解他。

这些录像带是由地方检察院没收的,很可能是相当刺激的淫秽录像。这位事务官可能从看过它的警官或检察官那里听到过概况,就一心想看一下。

此乃推测,我并不了解这个任职于地方检察院的事务官是已婚还是单身,也许他在乡下生活,以看成人录像为乐趣。

不管怎样,他犹如中了魔一般,把录像带偷走了。

"明智的人不会干这种傻事!"这样说的人只是讲大道理。

是否能抑制住这种欲望,是因人而异的,往往是那些工作认真、待人有礼而忠诚老实的人可能才会干这种事。

事务官偷录像带这件事败露后,他就被开除了公职。

明确地说,这件事没有危害到他人和社会。仅仅是这些淫秽录像多被一个男人看到了而已。

这样一想,可以说事务官有点可怜,感觉用不着开除他。

据说他本人对此进行了深刻的反省,表示愿意服从处分,于是单位便决定缓期起诉他。

好像这就免除了刑事处分。只因看了看成人录像就被解雇了,这着实有点冤枉。

当然,这个人干的不是好事。但这事可以说危害极低,让人憎恨不起来。

结婚用语

人们常在婚礼或婚宴上使用各种难度很大的词。

比如"花烛之喜"这个词。

据调查,在日本会读写它的人仅占人群总数的百分之十三点五。

进行统计调查的是一个名叫《趣味科学信息》的信息类报纸。

是以"从结婚关联用语的反面看当今的婚礼"这一标题,对与结婚有关的语言词汇进行了调查。

调查对象是二十岁到三十岁的单身男女青年,在关东、关西各调查了一百人,共计二百人参与了调查。

据说,回答知道"花烛之喜"这个词的人数占总人数的百分之十八,而这三十六人中又仅有百分之三十的人知道确切的意思。

能读对这个词的人占总人数的百分之十三点五,仅一成稍多。

对于人们耳熟能详的"媒人"一词,近八成的人回答知道,能准确说出意思的只占其中的一半。

这有点令人感到遗憾。竟有人弄不懂与结婚有关的词汇却想着结婚？

另外，知道与"媒人"同义的"月下冰人"这个词的人仅占总人数的百分之六。

能正确回答出其意思的人仅占总人数的百分之二十。

顺便说一下，这个词好像是根据中国古代的故事而造出来的。

据说中国唐代有一个名叫韦固的人，去一个叫宋城的地方旅游，有天晚上他遇到一位倚着一个大袋子、借着月光读书的老人。韦固问那老人袋子里装的是什么，老人回答说："是红绳，要用这些红绳把有缘的男女连接起来，使之成为夫妻，哪怕双方是仇人，也挣脱不开。"

还有晋朝一个名叫令狐策的官员寒夜做梦，他梦见自己站在被月亮照亮的冰块上，与冰下的人进行交谈。令狐策醒来觉得纳闷，便去找索统解梦。索统说："冰的上下暗示的是阴和阳，两人交谈是你居间介绍他人婚事的征兆。"果不其然，到了冰融时节，令狐策受托担任会稽太守儿子的媒人，并使其婚事顺利地完结。

据说这两件事合在一起，就造出了"月下冰人"这个词，意指媒人。可能人群中对此有所了解的人并不多。

老实说，我也是最近查了查辞典，才了解了这一说法的由来。

纵观整个问卷调查,与和服有关的"文金高岛田"①"角隐"②等词汇不为人知晓,而与基督教有关的结婚用语却广为人知。

比如"六月新娘"这个词,竟有近九成的人知道。"订婚戒指"更是人人皆知。

"女式冕状头饰"是女性穿婚纱时戴在头上的像冠冕一样的东西,想不到近八成的女性深谙此物。

而说到"纽孔花",知道的人马上锐减了四成。

附带说一下,这东西是指新郎佩戴在西服左领纽孔上的花。我之前也不知道。

至于"处女通道",近九成的人说自己知道。与正确答案对照后,其实只有近五成的人知道。

"处女通道"是指举行基督教式的婚礼时,新娘和父亲挽臂入场,他们径直走向祭坛时通过的用白布铺起的通道。

这里指的是,新娘作为处女,行走在奔向熟女的道路上。这个词我以前以为指的是新娘,后来才知道指的是用白布铺起的通道。

不知与穿和服结婚相关的用语,却深谙与基督教式婚礼相关的用语,这已成为时代潮流,在某种程度上实属没办法。不过,作为日本人,可不能过于忽略日语。

---

① 日本妇女发型之一。现在主要指举行婚礼时新娘梳的根部高的发髻。
② (日式)新娘头纱。

就算不知道"月下冰人",至少也应知道"花烛之喜"。

如果举行豪华婚宴的当事人都不会读"花烛之喜",那就搞不懂为何要举行"花烛之喜"了。

日式婚礼这方面的词汇,好像"三三九度"最为人熟知,其实"角隐"也是大家不应忘记的。

会读这些词的人好像占总人数的百分之七十,而知道确切意思的人仅为总人数的百分之三十。

"角隐"是日本新娘穿全白的上下装和彩色的和式罩衫时,蒙在"文金高岛田"上的白布,它蕴含着特别的意思。

其含有"不让角从新娘的头上露出来"这一意思,好像新娘的头部只要用这个罩着,就不会露出角来。

如果把它拿掉,新娘就会在婚后露出角来。也就是说,以此避免婚后露出角来的可能性。

其实,新娘的娇羞与神妙只是在婚礼当天,婚礼过后,也不知会变成什么样子。

过去的人为了表达这种情感和愿望,就把"角隐"戴在新娘头上。

我在结婚数年后,才深刻理解了其积极意义。

为了家庭和睦,男女双方都应该牢牢记住"角隐"的寓意。

五山送神火

时隔好久,我去京都看送神火的仪式。

这是每年八月十六日举行的祭祀活动,在东山如意岳(大文字山)、大北山(左大文字山)堆"大"字,在万灯笼山(松崎西山)和大黑天山(松崎东山)分别堆"妙"字和"法"字,在明见山(西贺茂船山)堆船形,在水尾山(曼陀罗山)堆鸟居①的形状,入夜放火焚烧,被称为"五山送神火"②。

这本来是一件法事,如今却成为点缀京都盛夏夜晚的大型民间活动。

我曾于十五六年前在鸭川的纳凉床上看过这一祭祀活动。

分布在鸭川岸边的高级饭庄,都会在河床上设看台,人们可以

---

① (神社入口处的)牌坊。
② 俗称为"五山送神火",但实际点火的有六座山。

坐在那里一边就餐,一边等着山上点火。

点火时间是晚上八点,送神火会从东山的"大"字开始逐次映现在夜空中。

有人把它称为"大文字烧",著名的新闻播音员也如是说,但正确的说法应该是"送神火"。

晚上八点时分,夜幕已经完全降临,四周一片黑暗,京都市内的较强光照也会被关掉,比如光线强烈的探照灯以及过于明亮的霓虹灯等,而光线较暗的店铺灯光和居家照明则不受限制。

京都市政府好像极力倡导灭灯,但实际上只是比平时略微降低了光照。

可以想象得出,在那个没有电的时代,晚上肯定是漆黑一片,群山上点燃的火一定会照亮京都的夜空,茫茫旷野会被笼罩在一种庄严而异样的气氛之中。

现在,人们虽享有科学文明提供的便利,但这种深邃而奇异的景观大部分已消失了。

不过信仰还是被保留下来了。还有这样一种传说,如果让送神火映照在碟或盆等器皿的水里,人在一旁许愿可能就会实现。

人们在高级饭庄的河床看台上观看送神火时,往往是在大碟里倒满酒。

让送神火映照在碟中多少有点窍门,即用手托起碟子高举到视线位置,并略向前方倾斜,但不能洒出酒来。

于是,酒面上就会映照出红色的"大"字来。

虽然男女老少都会此举,但做得最像样的还是舞伎。

舞伎梳着"丑女"的发型,系着下垂的腰带,一面用非常认真的表情凝视着碟子里映照的火,一面在心里做祈祷。

这是为京都夏夜增添的华丽一景。

我这次是坐在西贺茂船山后边一个名叫"喷水"的高级饭庄里看送神火的。

这里二楼的一个房间正好面对"大"字形篝火,因而预约这个房间非常难。

幸亏演员津川雅彦先生跟这个店的关系非常密切,店里特意邀请他莅临赏火,我才得以沾光跟着一起。

且这家店的后面就是焚烧船形的场所,木柴燃烧的噼啪声和围观民众的嘈杂声依稀可闻。

这次我才了解到,巨型的"大"字并不是在山坡上所开挖的地方按一条直线进行点火,而是在多个地方挖出像捕章鱼的陶罐一样的洞,点火人在各洞口遵照号令同时点火。也就是说,人在近处看,只能看到洞口附近的火,若从远处看,点燃的烈火就组成了一个"大"字形。

当然,各地段火的熄灭时间也因洞而异,有些地段燃烧时间会长一些,最后才熄灭。

火在熄灭时让人觉得虚幻,好像是去世的父母在恋恋不舍地慢慢去往那个世界,心中油然升起一种落寞感。

有的人一边看送神火,一边合掌祈祷。可能是由此想起了去世的亲人,眼睛里泪汪汪的。

以前生活在东寺的空海,设想出了定时在这几座山上一起放火焚烧的大型祈祷仪式。

也就是说,是他发明了在环绕京都的群山上燃起大火这一壮观表演,可以让人们在夏夜的那一刻诚心祈祷和高喊真言。

据说空海所开辟的高野山,以前也是不得了的险关。

很多人从早晨离开山脚下的旅馆,开始登山,直到傍晚才精疲力尽地爬到山顶。

这时,太阳似乎已完成使命般地坠落西沉。人们看到这种景象,便会想起西方的净土,进而泪流满面。

想到这些,就知道空海是多么伟大的演出家了。

当然,他是精修佛道的名僧,同时也有吸引民众的魔力。

追溯历史,并不仅限于空海。

自古以来,创设各类大型宗教的人肯定都是这种难能可贵的演出家。

如果不是这样,众多的善男信女就不会皈依他们几乎一无所知的宗教。

现在,人们仰望盛夏夜空的宴饮和面对送神火的呐喊,是那个叫空海的人发明的,这是一种壮观的、闻名遐迩的重大活动。

想到这些,除了祈祷外,还会有一种诡异的感觉。

英皇室王妃之死

我一般在每周一的上午写随笔。

今天是星期天,觉得该写了,刚拿起笔,英国戴安娜王妃出车祸的消息突然映入眼帘。

这说是大新闻也是大新闻,要说不是也不是。

因为这一事件,对日本的国际交往和我们明天的生活并不会有很大影响。

但是,对这一事件,人们会各抒己见。从这一点来看,应该算是个很大的事件。

这个事件好像是因摄影记者的汽车执拗地追随戴安娜王妃的座驾并与之相撞而产生的。

这种爱偷拍的摄影记者好像被人们称为"狗仔队",怎样才能躲过这些人的耳目呢?

简单来说,最好是不漏风声地逃避,然而,一般情况下很难逃掉。

其实，完全可以考虑不躲藏。你想拍照，就拍吧！用这种态度坦然面对。

假如这样放任，戴安娜王妃的尊容就会充斥大街小巷，久而久之，人们就会对她的形象感到厌倦，她也不会再得到大家的尊崇。

再说，有些不良媒体故意只刊登表情不好的照片，甚至对此妄加评论。这肯定会让当事人感到不快或愤懑，在精神上感到痛苦。

况且戴安娜王妃是一个十分美丽的女性，她岂能容忍那些下流的不忍卒读的评论？

然而，这些狗仔队不会考虑对方的人权和感受。如若那样，他们就没法工作了。他们只想让那些有权威的报纸或杂志高价买下自己偷拍的照片。

要经得住狗仔队这种没有底线的妄为，除非当事人具有相当坚忍顽强的意志。

在遥远的异国关注这次事件的我认为，如果戴安娜王妃再稍微坦然自若一点就好了。

比如，在发生事故的前一刻，即使狗仔队像苍蝇一般聚拢过来，只要他们沉着冷静地坐在车上，就不会有什么问题。即使她和恋人挤在一起，都面朝前坐着，也不用担心什么。因为狗仔队很难从快速行驶的车厢里拍摄到两个人。如果装上从外面看不见的车窗玻璃或挡上窗帘，就不用担心被偷拍。

戴安娜王妃的住处，无论是私邸，还是别墅，都非常豪华，安保也很到位，从外面根本无法窥视。

即使在住处被无缝不钻的狗仔队偷窥,但只要她不在院子里裸露肌肤,也就不会被偷拍到大不了的照片。

而步入中年的戴安娜却十分活泼和大胆,她时而和男友在海上乘帆船消遣,时而在海滩上穿着短裤。

而这作为绝好的拍摄素材,必然会引起狗仔队的注意。说到这里,虽为时已晚,但她要是打扮得朴素一点儿就好了。

我虽能理解其本人追求自由与浪漫的心情,但是王妃毕竟不同于平民,有些隐私不能昭告天下。她可以活跃在豪华的邸宅之内,穿短裤也好,和恋人拉手、接吻也好,尽情地发泄,无人能知晓。

不管怎样,戴安娜王妃与新闻媒体拼命抗争的结果,是她被狗仔队的恣意妄为扼杀了。

对于这一点,应充分追究狗仔队的责任,但也不应忘记这背后有大众渴望一睹其芳容的利益驱动。

死亡越是以不可预测的形式降临,就越是带给人们难以置信的冲击力。

现在回顾一下,生前的戴安娜王妃根本没有死的征兆。她的年龄也与老和死还差十万八千里。但是,其存在在世界上显得太过招眼了。

而她的死法本身也超出了人们的想象。那些追逐王妃的摄影记者,也大感出乎事前的预料。

正是因为事发突然,她的死才震惊了遍布世界的崇敬者们。

当然，她自己也没想到会以这样的方式走向死亡，更不希望这突如其来的灾难降临。

可能还希望继续活着，去做她想做的事情。

遗憾的是，年仅三十六岁的她就此香消玉殒了。

这的确是人间的悲剧。但令人欣慰的是，她所爱的恋人陪在她身旁，而且与她同赴黄泉了。

如果这样说，也算一道殉情吧。

当然，两人并不是自愿殉情。不过，这么华贵而凄惨的死也实属罕见。

正因为她死得突然、华贵和凄惨，人们才对她念念不忘。

假如戴安娜还活着，并继续跟各种各样的男性谈恋爱，到了八九十岁才安然离世的话，人们可能就会慢慢淡忘她的事，也不会念念不忘地追忆她。

对于这起离奇死亡的悲剧，唯一值得欣慰的是，她与挚爱的人一起赴死了。可能也是因了这一点，这一事件才给人们留下了极为深刻的印象。

禁映风波

作为原著的小说和影像作品本来就不是完全相同的东西。

虽然我有很多作品被改编成了电影或电视剧,但我观看后没大有自己是初创者的那种感觉。

当然,既然叫原著,肯定是我创作的,但被搬上银幕之后,就像是被过继到各电影公司的"养子",其银幕形象好坏与"养家"的培育方式有关,与我则关系不大。

在漫长的岁月中,我一直这样想,否则,影片中的太多情节就无法理解。

电影或电视剧虽说是根据原著改编的,但接下来编剧、导演、演员等形形色色的人都会进行再加工,掺入他们的理解和情感。所以,最终的影视作品往往与原著似是而非或相去甚远。

如果对这些横加干涉,我的时间就会白白流失,何况小说和影视是完全不同的门类。

如果硬拿原作的本意干预,也未必会有好的结果。

在这一思想的指导下,只要没有特殊情况,我就任凭艺术家们去发挥和演绎。这既是我一以贯之的做法,也是绝大多数作家对自己的文学作品被搬上银幕的态度。

以上是我对文学作品影像化的基本立场,不过如果太过漠然,往往会发生意想不到的事情。

其中一个例子就是发生在群马县涩川市的禁映电影《失乐园》这一事件。

可能有的人已经知道,原定在该市市民会馆上映的电影《失乐园》,因部分市民的反对而中止了放映。而支持放映的市民则发出"为什么停映?""停映令人遗憾!"的呐喊,引起了广泛的社会议论。

不消说,反对者大多是中老年女性,理由是"对青少年的教育影响不好"。而支持者大多是中青年男性,他们纷纷责问:"为什么要停映?"

而报道社会争议的报纸赫然登出这样的标题——"'大人之爱'意见两分"。真是这样吗?

一出现赞成和反对两种意见,报纸上就会说"意见两分"。这种提法相当草率,与实际情况有很大出入。

市民会馆只是接到了几个抗议的电话而已,持反对意见的只是很少一部分人。

说到中老年女性,往往就联想起那些嘴上说着漂亮话,实际有点歇斯底里的大婶们。

这种大婶哪儿都有,总是认为自己的主张才是正确的,喋喋不休。接待他们的官员对此有所恐惧,只能点头称是。

话虽如此,但意见接受方归接受方,负责电影上映的好像是市里的某个外部团体。其实用不着那么慌张地停映嘛。

停映的理由是"对青少年教育方面不好",而停映对青少年教育方面的影响更不好。

因为电影突然停映,青少年们会越发对这部电影感兴趣,可能会想方设法地去其他城市观看。观看完了会感叹:"哎呀,不就这么个程度嘛,有什么值得大惊小怪的?!"同时也会对要求停映的大人们的审美水平之低感到惊讶。

明确地说,那些要求停映的大婶们可能搞不懂现在的青少年在看什么样的东西。当今,从图书到影像,形形色色的过激的东西充斥大街小巷,青少年们在极其坦然地观看和阅读。

青少年们要比大婶们先进得多。

我并非为根据我的原著所改编的电影找借口,《失乐园》应属画面美丽的电影,但是内容略显肤浅,性描写也简单、寡淡。

报纸上说电影中"过激的性描写引起了人们的非议"。这种不认真的说法会把人的思路带偏。

无论是小说还是电影,没有好好地读或看,就胡乱评价和信口开河者大有人在。

不管怎样,假如连这种程度的电影都停映的话,那讲述男女关系的所有电影就都不能在这个城市放映了。

那些要求停映的大婶们对孩子秉持的是"不看、不听、不说"的"三不"教育方式，假如这样的方式占了上风并一以贯之，这座城市可能只会培养出心理阴暗、性格内向、处事别扭、模样怪诞的青少年吧。

政府机关工作人员或公共事业单位人员往往经不住市民抗议的来信或电话，尤其害怕那些歇斯底里的大婶们穷追不舍。

其实，抗议的妇女并不多，在这个城市里，充其量也就是四五个女性事前商定好调子、事后带头呼喊而已。

尽管她们人数寥寥，但以多一事不如少一事为宗旨的政府机关立马就会接受她们的意见。

因此，如果你只看报纸，会认为中老年女性都反对该影片放映，而实际情况却与之相去甚远，不少中老年女性对该影片的放映非常坦然。

同样，反对停映者虽以男性粉丝居多，但也有不少年轻的女性赞成放映。

男人都想看，女人都反对，现在已不能这样一概而论。在东京上映电影《失乐园》时，女性观众占绝大多数，成对的青年恋人和上了年纪的老两口也不在少数。

对于这部已超过二百万人观赏的电影，只凭部分人的主观断定就阻挠涩川市的青少年观看，是大人们的狂妄自大。

虽说电影中性描写较多,但其本身符合现实,是人的自然的行为。

一听到性交或裸体,就不管三七二十一地加以屏蔽或掩盖,认为只要不让看就安全,是那些思想陈旧的大婶们的一种错觉。

"这可是男女相爱得近乎疯狂的一部精彩影片啊!"

对电影《失乐园》这么评价,没有任何问题。

好像正是因为那些歇斯底里的大婶们的发泄和政府机关多一事不如少一事的处置态度,反倒把事情闹大了。

不专业者反而赚钱

我经常乘车从位于世田谷的家去办公室所在的涩谷。

搭乘出租车时,司机会有各不相同的行驶路线。

最多的行驶路线是从目黑大街穿过山手大街,驶入通向涩谷的大道,但前几天一司机却突然朝环状八号线方向行驶。

我感到不安,便问他:"你打算怎样走?"司机回答说是经环状八号线去二四六号线,然后再前往涩谷。

虽然那样也能去涩谷,但是相当绕远。

行驶途中,司机说需绕回自由之丘方向,后又说不知下步该怎样走。

既然如此,从一开始他就应该向我问明路线!

这可是专业司机,我以为他熟知路线才放心乘坐的,觉得途中指路太多不好,就没说什么。

没想到竟会遇到这样的司机,让人没法放心地乘坐了。

前几天,我跟别的司机聊起这事儿,对方点点头,说道:"确实有人不知道最佳路线。"

"那样能工作吗？"我问道。

"能，足以应付工作，有时比我们挣钱还多。"

我觉得不可思议。

对方又说："不熟悉道路，跑的时间更长。"

在说这件事的时候，我突然联想到了医生。

医生，特别是外科医生，其诊疗技术差异较大。

比如，医术高的外科医生可以做腿骨折康复手术。

这时，在判断正确的情况下，立刻进行手术，先把骨折的地方固定住，然后打上石膏。如果没有特殊需要，伤者没有必要长期住院，在医院观察两天后回家，一个月后再来医院拆除石膏，待接骨处慢慢康复。

这是腿骨折治疗的一般康复过程，也是医术较高的外科医生所普遍采用的治疗手段。

如果是医术稍差的外科医生做这个手术，有可能会对骨折部位固定不牢，或者中途发生感染，可能还会出现骨髓炎。

当然，患部感染未必一定与医生的医术有关，但如果碰到庸医，伤者的治疗期可能会大大延长。

有时甚至还需要重新做手术，这样伤者会承受加倍的痛苦，住院期也会延长，治疗费也会随之增高。

如果碰到这样的庸医，伤者的评价不言而喻。一般认为庸医的收入也会因此而减少,其实并不尽然,有时这种庸医倒比医术高明的医生收入多一些。

原因很简单,庸医重做手术的次数会增加,伤者的住院费和医药费也会增加。

其结果就是医院多赚了钱,庸医的收入随之增加。

因为在日本,无论是经验丰富的医生,还是新来的医生,只要持有执业医师资格证,对伤者收取的手术费和医药费都一样高。

当然,医术高明的医生和庸医的收入也相近。

而医院因有着这样的庸医反倒会收益高。

这就和不熟悉路线的司机多赚钱十分相像。

现在日本用于国民医疗的总费用是二十七兆日元,达到了国家财政预算的三分之一左右。

据说决定国民医疗费高低的要素是三个"一",即患者一天的治疗费、一个大夫每天的接诊人数和对同一种病的诊治天数。后面的两项运行基本平稳,只有患者一天的治疗费在急剧地增长。

究其原因,据说除了诊疗报酬的增长以外,医药费的增加、检查手段的滥用等都是问题。

其中不被人关注的是昂贵的医疗器械设备及其滥用。最为典型的就是被称为核磁共振成像的巨额开支。

核磁共振成像是一种能够断层拍摄身体各部器官的现代化装

置,常被用于各种疾病的诊断,其单台机器的价格居然达到五亿日元。

现在日本全国两成以上的医院拥有该设备。从这些医院的角度来说,既然购买了这样昂贵的设备,只有频繁地使用才能赚回本钱。

患者总觉得只有用这种现代化的高级设备检查,才能找到病根。其实很多病症根本用不着做这样的检查。

无论大病小病都用核磁共振成像检查,这也是医疗费增长过快的重要原因。

现在的问题是,随着科学技术的飞速发展,医疗设施的更新换代在加快。现有设备没有物尽其用,不能充分地折旧,就要买更先进的,结果就是医院将现有设备满负荷地运转。

总之,一有新的高价检查仪器问世,无论价格高低,各医院都争相购置并拼命地利用。更先进的设备问世后,他们又趋之若鹜。这种恶性循环反复无穷,才导致医疗费直线上升。其他的过度诊疗、过剩投药也是重大问题。但这种巨额检查设备的滥用竟意外地不为人关注。

当然,医疗技术的进步是可喜的,但也不应忘记其背后的制药公司和医疗器械厂家的猛烈推销。

不专业的司机和庸医,还有过度的检查和投药,都让人无语。

所以,应立即打破不专业者能赚钱这一机制。

对于这一点,可能医生和厚生省都明白,但是由于问题太大而无法着手解决。

　　多余的检查和过度的诊疗今天仍在重复上演,患者无可奈何的状态还会持续下去。

站台送行

前几天我站在新干线的站台上,突然想起好久没来车站送人了。

这种念头缘起于一眼瞥见站台一角站着一对即将惜别的情侣。

男人三十岁上下,穿着蓝色套装,手上提着黑包。与之对视的女人有二十五六岁。两个人正在开心地交谈。

看样子是恋人。发车时间快要到了,她登上列车,他依旧站在站台上。

两个人隔着车窗时而打手势,时而点头,不知具体表达的是什么。

发车的铃声响起后,她在胸前轻轻地做了一小动作,他脸上露出腼腆的表情。

列车开动了,男人在轻轻地挥手,身影很快消失在车后。

她没有回头看,而是面向前方直身坐定,从手提包里取出带着镜子的小粉盒。

年轻的恋人们无论何时分别都显得爽快，神情也很淡定。

虽说是分别，女人也不过是去名古屋或大阪，想要重逢的话，马上就能见面，不伤感是理所当然的事，但两人没有依依惜别的那种感觉。

况且，男人为女人送行实属罕见。

不，现在已不能说罕见了。

以前人们赋诗，说送行的女人"躲在柱子后面哭泣……"，那应该是在遥远的过去吧。

现在为女人送行的男人不少，哭泣的也是男人居多。

坦率地说，我已经很久没为人送行了，但常常被人送行。

如在外地演讲结束后，乘车回东京时。

当地的人会从市民会馆或文化会场把我送到车站。

到车站入口处，我会说："承蒙您照顾啦！请留步吧！"对方却说："送到站台。"边说边跟过来。

我是有眼睛有耳朵的健康人士，是不会走丢的。可能当地人认为不把我送上车有点失礼吧。

这种照料令人心情愉悦，但有时也会令人感到郁闷。

一般情况下，我怕赶不上电车，总会提前十到十五分钟赶到车站。

通常情况下，我会在这个时间段与前来送行的人交谈，但边看表边谈话,就沉不下心来。

可能双方都在祈盼列车快点儿到来。而往往在这种时候,时间又过得特别慢。

不管怎样,列车到来我便迅即登车,但距发车还有一段时间。

我上车时已告诉对方:"送到这儿就可以啦!请回吧!"可对方仍规规矩矩地站在那里。

进入车厢,如果我是靠近站台一侧的座位还好,可以与送行者对视,坐在那里等待发车。如果是另一侧的座位,会更加沉不住气。需不时地站起来朝站台上看,与送行者挥手,真不知说什么好。

实际上就算是说什么也根本听不到,没什么意义。姑且四目相对,算是打招呼。

反复打上几次招呼,列车也还是不发动。

这时会让人心里发急:堂堂新干线,竟然停这么长时间!恐怕来送行的人也是同样的心情。

特别令人窘困的是"回声号",旅客登车落座后,还要停四五分钟才发车。

这期间既不能吸烟,也不能看书。

我只能一个劲儿地看表、叹气、看看站台、打个招呼。再看看表,再叹气。

发车的铃声终于响起,我赶紧轻轻抬起屁股,向送行者鞠了一躬。列车驶出站台后,才觉得自己好不容易成了一个自由人。闭目养神时,疲劳一下子就袭遍了全身。

我对站台送行这件事敬而远之,是因为彼此隔着玻璃窗都会感到别扭。另外,还有一个原因是这会引起别人的注意。

我本来不愿抛头露面,因怕别人认出自己,故很少上电视。尽管这样,还是会碰到认识我的人,对方会凝神地看着我。

如果是年轻女性,她们会客气地打个招呼。如果是上年纪的大婶们,她们什么也不说,只会瞪着眼睛诧异地注视着这边。

如果被人这么注视,奔波的疲劳感就会立刻袭来。

而一个人待在车站的话,如果时间宽裕,就可以自由地支配空余时间。

可以打个电话什么的,或购买报刊浏览,还可以点杯啤酒、点碟小菜。

尽管这是无关紧要的小事,但同时也是外出旅行的一点乐趣。

前几天我去 S 市,人家非要送我到站台,我好说歹说拒绝了。

对方不得已往回走了,我又变成了自由人,随即迈步走进了检票口旁边的荞麦面快餐店。

这时候吃荞麦面好极了,不过要站着吃。

列车快要到了,荞麦面也吃光了,我走出快餐店后,却发现那个送行的男性就站在我眼前。

"哦!您在这儿!刚才忘了给您礼品……"

早知是这样,我从开始就该告诉他:我要去吃荞麦面,您请回吧!但为时已晚。

如果我之前如实说,他会怎么应对呢?

"那您去吃吧!我在这儿等着……"

如果让送行的人在外面等着,我进店去吃荞麦面,好像内心会沉不住气,也吃不出味道来。

演讲会后倒时差

为了参加《读卖新闻》美国分社在洛杉矶和纽约举办的演讲会,我来到了美国。

已经好久没来美国了,来纽约是四年前,来洛杉矶是六年前。

首次演讲是在日本人开在洛杉矶郊外的酒店举行的,当时来了很多日本人。当然,大多是居住在当地的日本人。

每当在海外做演讲的时候,我都会根据听众的情绪调整演讲内容。如果听众的反应好,演讲的人自会有兴致,不知不觉中就延长了时间。

演讲最后一般都会留出提问时间,这个环节往往气氛活跃,多次被笑声所笼罩。

而在日本演讲则分情况,大城市的演讲氛围比较轻松、和睦,而去到小地方,演讲氛围有时会显得尴尬。

虽然我尽力地调节气氛,但可能因讲话水平不高,怎么也搞不融洽。

如果演讲会的听众是女性居多的话，气氛相对平和一些。如果男性听众多的话，女性也会随波逐流，变得客气而陌生，提问数量自然也会减少。

而在海外则是另一番景象。无论到哪里演讲，都会感到轻松自在，提问者也会明确表达自己的意见。

同样是日本人，竟会有偌大差异，可能是他们久在海外生活，精神上自由吧。待在国内的日本人或是自制力强，或是碍于面子。

区区一个演讲会，在国内和国外的感受竟如此不同。

在洛杉矶演讲之日碰巧是我的生日。演讲结束后，主办方突然送来一个很大的生日蛋糕，我感动之余，还有些难为情。他们为我齐唱《生日快乐歌》，让我在异国他乡度过了一个难以忘怀的生日。

那个夜晚，我一直精神亢奋。按说忙碌了一天，身体应该很疲劳才对。可到了凌晨三点，依然睡不着。

也可能是昨天刚从日本飞过来，还没倒过来时差。

虽然我在日本每天都过着昼夜不分无规律的生活，却敌不过现实的时差。

既然不能入睡，我干脆站到窗边，眺望洛杉矶的夜景。

我所住的新大谷酒店这一带是繁华商业区，也是平民居住区，以前还有专属的日本商业街。

可是这里治安不好,夜里一个人外出会有危险。

眼前的大街上偶尔有车辆经过,霓虹灯已经熄灭,黑漆漆的高楼大厦矗立在街道两旁。

时已凌晨三点,这种时候应该不会有行人了。

我这样思忖着,却见右手边的大街上有影子在晃动。

好像是一个人,他停在十字路口,等两辆汽车通过,当信号灯变为绿色后,便迫不及待地通过路口,朝这边的大街走来。

从走姿看,像是个男人,走得不急,一直迈着轻松的步伐。

走到街灯之下,可见他好像戴着一个棒球头盔般的东西,在低着头走路,其他就看不清了。

他究竟要去哪儿呢?

在这样的深夜,一个人走在治安不好的街道,不害怕吗?

我不免替他担心,而男人却依然迈着均匀的步伐,沿着停车场旁的空地,一步一步不停地走着。

在两眼追踪这个人的过程中,不知为何,我的心头涌出了一种莫名的感动。

那个人可能是个十足的强者,也可能是个相当孱弱的人。

他之所以敢在深夜行走在这种地方,要么他会武功、有自信,无论谁来袭击都能把他们打翻在地;要么他一贫如洗,不会引起他人的关注。

不过,从他走路的状态来看,怎么也看不出他是个强者。

他应该是这座城市里最孱弱的人,甚至是无家可归的流浪者。

换个角度来看,他也许是内心最强大的人。

因为在这样的深夜,他一个人悠然地行走在洛杉矶最危险的繁华商业区,还毫无怯意。

目送那个似强又弱的人走远后,我又喝起啤酒来。

可能是这个城市的空气过于干燥,我的嗓子有点发干。

但精神仍然兴奋,无奈只好在沙发上躺下来。

这种时候,写稿子再好不过了,可我又不愿意提笔。

因时差影响睡不着与想要工作不去睡,完全不是一回事。

我又喝了点啤酒,微闭起眼睛,觉得有点睡意了。

还没躺下来,又想起了今天中午朋友问我的事情。

他以非常认真的口吻问我:"您知道'处女'用英语怎么说吗?"

"可能是'virgin'吧。"

"那'童男'呢?"

我一时语塞,想不起如何表述,于是他告诉了我。看着他默默微笑着的表情,我心生疑惑。

"哎呀,真是这样吗?……"

过了一会儿,才明白他这是在开玩笑。不知不觉想起了这件事,看来是真的该睡觉了。

在纽约

我又从洛杉矶飞往纽约,参加《读卖新闻》美国分社举办的演讲会。

飞机横跨美国大陆,需飞行五个多小时。

需飞行五个多小时才能横跨一个国家,除了美国,就是俄罗斯和中国了。

当然,日本也不可小觑。

如果从札幌飞到冲绳,需要近三个小时。不过这中间的日本列岛很狭长,基本上是海。

美国的国土面积为九百多万平方公里,近似于东西偏长的四方形,横跨六个时区。

到达纽约肯尼迪机场,"Welcome to the Big Apple"[①] 这些文字

[①] 欢迎来到纽约。

马上映入眼帘。

所谓的"大苹果",不言而喻,指的就是纽约。

纽约为何被称为"大苹果"呢?

它和"大苹果"却难以产生联系。

我以前误认为是这一带的苹果树多,但没听人说过"大苹果"之称是这样的由来。

我觉得茫然,便向住在纽约的人们打听,但得不到明确的答案。

直到我离开纽约也没搞明白,回到日本后,查看《英美俗语词典》,"apple"的词条注释是"伙伴们、人们的汇聚之处,市场"等意思。

照此说,"大苹果"是人口众多的大城市之意吗?

这太过简单,令人感到沮丧,为何"苹果"是这种意思呢?"苹果"和"伙伴们"有何联系呢?

为了解开这个疑问,看样子需到日本儿童咨询中心去打听一下。

换个话题吧,东京是不是也可以模仿纽约起个爱称呢?

叫什么比较好呢?

叫"大白兰瓜"或"大奶油泡芙"?不,也许叫"大烟雾"才更切合实际。

四年未见的纽约好像变得更漂亮了,治安也得到了一定的改善。

也许是现任市长朱利安尼公正廉洁的策略奏效了,时报广场一带的醉汉减少了,环境也变整洁了。

这也许得益于美国的整体经济运行态势良好。

可是曼哈顿的堵车状况依然严重,甚至可以说更加严重了。

美国人开车本来就野蛮,还会不停地"嘟嘟、嘀嘀"地鸣笛。特别是有很多车安装了像急救车警笛一般的喇叭,显得十分喧嚣。

而且,耸人听闻的枪击事件层出不穷,好像平均每十分钟就会发生一起凶杀案。

慢性道路阻塞之症很难"医治",因为这个城市的道路呈棋盘格状,交叉点非常多。

虽是人多车多的现代化城市,可棋盘格状的道路不太令人喜欢。日本的札幌也是这样,城区道路交叉点太多,总是出现堵塞。

对于大城市来说,好像放射状的道路更益于交通,比较理想。但是高楼大厦云集密布,道路已无法改变。

好像纽约的中心城区比东京还要拥堵,使得司机们很焦躁。

特别是节假日,举办各种祭祀活动和盛装游行时需封锁一些道路,人们更是束手无策。

我下飞机搭车的那天就因盛装游行而封锁了部分路段,可供行车的道路非常拥堵。出租车司机噘着嘴说:"从机场到这里已花费了两个小时。"

道路仍在堵塞中,喇叭声此起彼伏,这时,司机突然把车停在路旁,说了声"请稍等一下",便要下车去。

他要干吗呢?只见他轻轻地打开身旁的车门,冲着那扇车门撒起尿来。

他好像之前一直憋着,现在终于忍不住了。

此举虽可谅解,但这种排泄方式也太不雅观了。

这是在纽约的闹市区,尽管用车门遮挡着,但毕竟周围人来人往,不合适。

我很佩服这位司机:光天化日之下竟公然撒尿。这需要相当大的勇气,也需要一定的技巧。

在日本的高速公路长时间堵塞时,也可以采用这种方法。

对于不知情的人来说,他们会误认为司机下了车,冲着车门方向站着,在瞭望前方。

当然,纽约这位司机站着小便的时间很长,可以听到尿液顺着车门流到路面上的声音。

他好不容易完事了,又说了句"对不起!"。其实他在这种时候应该说"非常对不起!"。

纽约已经开始有了冬天的气息。

中央公园的枫叶正红,刮过来的风却冷飕飕的,大部分人已穿起了外套。道路两旁冒出的白色水蒸气伴着慌慌张张行走其间的人群,成为纽约一道独特的景观。

充分享受了纽约十足的凉意,五天后我踏上了归途,在飞机客舱内又发现一件令人疑惑的事。

那就是在审视座席前方的屏幕上的飞行线路图时,看到从北极方向垂下来的国际日期变更线,其在白令海峡处折向阿留申群岛的顶端,呈三角形突起状,之后又重新与一百八十度经线重合,径直南下。

这时飞机正飞在该线的三角形突起的位置,为何国际日期变更线会在这里弯曲呢?

也许是为了让岛屿上的日期保持一致,才使国际日期变更线弯曲的吧。

还是等回到日本,打电话问问儿童咨询中心吧。

不对,成年人不能往那儿打电话咨询。

真希望可以设立一个成年人电话咨询中心,可以方便……想着想着,便睡过去了。

日本看到了佛

明治以来,伴随着文明开化,许多外语涌入日本。

如何把这些外语转换为日语表达呢?

当时的政府和文化人士一定为此烦恼过、思忖过。

之后翻译过来的东西,有的能让人理解,有的则让人生疑。

易于理解的词汇有很多,比如运动方面的"棒球"。"棒球"这一叫法充分表达出了挥棒击球的真实感,名字起得很棒。

还有"内场""外场""一垒""二垒"以及"游击手"等词汇也不错。

与之相比,"篮球""足球"等虽表达出了竞技的特性,但不容易发出这个音。

另一方面,"排球"的叫法似乎有点不太合适。这项运动确实是双方各自返还飞过来的球,但好像和"排除"挂不上钩。

在第二次世界大战中,英语是日本的敌对国的语言,他们把棒球的好球叫"正球",把坏球叫"误球",但好像这些叫法都没怎么被使用。

哪怕是国家提倡的用语,若与真实感相差太过遥远,也会被淘汰掉。

用日语重新表达的外语,在日常生活中也一直在被使用。

我个人觉得不错的是自行车[①]和汽车[②]。

不用说,自行车要比两轮车更有自力驱动的感觉,汽车则有机械驱动的感觉。

与此相近的还有蒸汽机车[③]。只要看到这几个字,眼前就会浮现出吐着黑烟疾速奔驰的黑色火车头的影像。

还有电车,这么称呼,要说应该,也是应该的。

电是现代文明进步的象征,被广泛应用到了各种各样的东西上,其中比较出色的是电话。

人与人远隔重洋通过电来通话,人们当初肯定觉得新鲜而潇洒。

第二次世界大战后开始普及的电动吸尘器、电动洗衣机等电器制品,都是靠电来驱动的。

这其中有些是原封不动地引用了外来语言的叫法,可能是因

---

① 自行车在日语中写作"自転車"。
② 汽车在日语中写作"自動車"。
③ 蒸汽机车日语中写作"蒸気機関車"。

为普及速度太快,无暇起名吧。

照搬照抄原样使用的还有圆珠笔、淋浴、套装等词,数不胜数。

可能"床"也是,它还有个名字写作"寝台",现在基本没有这个叫法了。

在日常生活中,人们混合使用日语和外来语。大多数情况下,人们使用日语越来越少了,而使用外来语越来越多了。

下面谈一下国家的名字。

好像日语中各个国家的名字特别不受重视。有些国名极易被人忘记,只在一些特殊的时段被人牢记,比如参加考试时。

有些国家的名字确实不易读、不易记,如"美国""英国""法国""德国"①等国家的名字。

如果仅是这样,倒也简单。有些国家的名字太过生僻,难读写。如西班牙、葡萄牙、瑞士、荷兰等国家的名字。

这些国家的名字基本上都是采用音译汉字的形式,所以按发音来读很容易理解,而一开始出现的用片假名来表现其发音的形式,却让人难以理解。

起名的人确实费了一番心思,令人印象深刻。看到这些文字,觉得都适合各自国家的情况。

比如,英国写成"英吉利"让人觉得其对利益敏感;德国写成

---

① 美国、英国、法国、德国在日语中分别写作"亜米利加""英吉利""仏蘭西""独逸"。

"独逸"则给人一种自命不凡的感觉；西班牙写成"西班牙"则有种斗牛龇着牙的感觉；瑞士写成"瑞西"感觉是位于西方的和平国家；瑞典写成"瑞典"，其位于北欧，给人些许庄重之感。

以上国家基本是西欧国家。而日语中的伊朗、伊拉克、阿尔及利亚等国则连汉字写法都没有。这也显示出日本只关注比较发达的西欧国家。

不过日本也正确记载着南美洲的巴西和智利等国家的国名。这无疑是因为日本人在那里的移民较多。

而现在，国名基本上用片假名来表述，几乎不用汉字了，即使不知道也没关系。

虽然这样说，但也不尽然。不管怎样，现在不会再写"亚米利加"，而是取其中的一个"米"字来表示美国。

假如报纸上出现"米中接触"的新闻，大家都知道这是美国和中国在接触的意思。

当然，这个"米"字和"中国"很容易被误解，比如所谓的"米审"指的不是美国国会审议，而是指大米（价格）的审议会。所谓"中国地区的寒流"，其中的"中国"指的是日本广岛县等一带的"中国地方"，而非中华人民共和国的简称。所以，仅凭省略写法很容易混淆。

然而，这种表达方法不仅没减少，反倒在不断增加，如果盲从，就会被引入歧途。

最近某家报纸登载了这样一个标题——"日本看到了佛"。

这是日本足球队战胜哈萨克斯坦队之后,第二天的报纸上登载的。

足球迷们对此也感到迷茫,需要花点工夫才能搞清楚原来是"日本队可能有机会去法国比赛"的意思。

我不是痴狂的球迷,当眼睛扫视到"日本看到了佛"这几个字时,着实吃了一惊。

这里的法国还是应该用片假名来表示。

我边想边注视着这句话,觉得也并非完全不好。

一时陷入绝望的日本队出现了奇迹般的逆转,看样子能去法国比赛了。其中也包含着"佛光普照"的意思,理解为"日本看到了佛"好像也没错。

行进速度

在时速为五十公里的电车上，有人以时速为五公里的速度朝电车行进方向疾走，那么这个人此时的前进速度是多少呢？

我感觉这个问题以前在上小学、中学时学过。

我只是感觉学过，并不知道正确答案是什么。

简单地计算一下，五十公里加五公里，答案是五十五公里。这个答案正确吗？

应该去问一下数学老师。我觉得快于五十公里是没问题的。

突然想到这个问题，是因为前几天我曾匆匆走过羽田机场的电动步道。

因为有事要去熊本，已经快到登机时间了，必须赶紧赶到登机口。

这种时候，如果跑步前行，可能会节省时间，但因当时电动步道空着，我就赶紧站了上去。

我觉得在电动步道上疾走,既省力又省时,但是走了一会儿后,看到前面已经人满为患。

一般情况下,站在电动步道上的人通常会靠向左侧,把右侧空出来,让给赶路的人。但前面那些上了年纪的男男女女挤在一起,堵塞了通道。

为什么要这么站呢?我对他们说了声"对不起,请让一下……",但他们置若罔闻,没有挪动的意思。

可能是这些人很少乘电动步道吧。可他们都是城市人的装束,可能属于给别人添麻烦却根本不在乎的那类人。看样子他们不会轻易地挪开。

我开始后悔走电动步道了,但为时已晚。

而且这个位置离登机口仍很远。

我开始感到急躁。只听航空公司的女引导员在喊:"请去熊本的客人动作快一点!"

我原本想要喊"我去熊本,请等一下",但终因有失体面而隐忍下来了,不得不怒视着眼前如墙一般堵塞着道路的大叔大婶们。

虽然我也是大叔了。但碰到这种堵路的大叔大婶,心情实在难以平静。

不管怎样,最后好歹赶上了登机。过后我觉得自己还算幸运,并琢磨着以后应怎样加快速度,不耽误登机。

乘时速五公里的电动步道,然后自己再以每小时五公里的速度走到半道,剩下的一半道路静止不动,那么平均时速能达到多少呢？

答案是七点五公里吗？总觉得这样计算太过简单。

与电动步道类似的是自动扶梯。

只要乘上自动扶梯，就既可以上又可以下，但是此时乘扶梯的人上下移动的速度又是多少呢？

比如，站在上行时速为五公里的自动扶梯上，再以每小时五公里的速度往上行走。

如果简单计算一下的话，时速是十公里，可这不一定对，因为自动扶梯不是垂直上行的。

人们乘上自动扶梯后，基本上都呈静止状态，没几个人再往上爬。

可能是与前后行进的电动步道相比，上下移动的自动扶梯还是有点让人害怕。

要说一眼看去就令人生畏的扶梯，非地铁车站里那又窄又长、直耸半空的自动扶梯莫属。

人站在上面再抬腿往上爬的话，一定够受的，幸亏这是电力驱动。而一旦中途停了电，人就会感到无助和懊恼。

还有就是在扶梯运行途中，要是有谁被人推下或不小心跌落，会出现多米诺骨牌效应，人一个压一个地倒下来。

这样的事故以前曾发生过。一想到若干人一个压一个地倒下来那种惨状，我就感到毛骨悚然。所以，有的自动扶梯两端和中部都装有应急制动按钮。

不知为何,乘上这种坡度大、宽度小、长度非凡的自动扶梯后,下行的人都有睥睨的感觉,而上行的人大多是眼睛往下看。

按说下行者往下看是理所当然的,而上行者也往下看似乎有点不合情理,但人的心态是微妙的,其上上下下的逻辑关系让人感到有趣。

前几天,我曾在涩谷某百货公司的自动扶梯上搞了次"倒行逆施"。

我在那里买了件东西后,乘自动扶梯下行,忽然发现忘记买另一件东西了,想返回去再买。

此时自动扶梯已下降了四五个台阶。

我赶紧回转身来抬腿往上跑,觉得一口气跑上去应该没问题。

然而,扶梯仍在下行,刚开始时我迈步快,轻松地上了几个台阶,之后上行速度就不行了,开始与扶梯下行速度同步。

我心里想快点,可腿脚却不听使唤,继而开始感到目眩。

我想,在自动扶梯运行时逆行过的人都会有所体验,刻在台阶上的各种纹路最易让人眩晕。

那家百货商店的自动扶梯每一个台阶都有五六条横格,逆行时这些横格会一个接一个地涌到你眼前,让你目不暇接,很快就会感到目眩,感觉不出台阶的高低。

会误以为自己面前的台阶是平的,想要抬腿往上跑,扶梯又不停地下降,常让你踩空,待调整一下身姿再往上跑时,下一个台阶又涌了过来。

感觉距离并不远,可就是冲不上去,最后我摔倒了,两手把住了前面。

因右手手指触碰到了阶梯的横格,所以受了点伤。

我这才死了心,老老实实下到下一层,再转乘上行的扶梯返回来。尽管是不得已而为之,但心里还是感到委屈。

为何那一段台阶就是登不上去呢?不能单纯地以为是腿脚不灵便的缘故,即使是腿脚灵便的年轻人,在自动扶梯上"倒行逆施"也不那么容易。

问题出在最后几步上,我认为这才是最大的难关。

因为我干过这件傻事,现在拿起笔来手指就疼,很难再写下去了。

我并不是为了泄愤才描述这件事儿,而是为了探讨行进速度。我在自动扶梯上"倒行逆施"之时,时速应该为零吧?

且说习惯

　　人在做任何事情时,都会有习惯。

　　此处说的不是怎么做的习惯,而是要不要做的习惯。

　　比如说读书、看电影、看戏、打高尔夫、打麻将、赛马、赛车等,如果喜欢干这些事,就会养成习惯,然后会越做越上瘾。

　　如果满脑子只装着这些事儿,就会忘记工作上的事。

　　久而久之,就不是兴趣使然了,而是成了痴迷者,最后会变得越发疯狂。

　　我认识几个因打高尔夫、玩赛马而变得疯狂的人,他们沉浸在那个世界里,拼命地去享受,与其说是变得疯狂,不如说是变得自我陶醉(恍惚)更贴切。

　　如果有"习惯做"这种说法,就应有"习惯不做"这种说法。

　　可能以前热衷于某件事,因故停止后,长此以往也就习惯不做了,做不做也不再当回事了。

比如说打麻将。

我在学生时代曾疯狂地打麻将,但成为社会人士之后,工作忙了起来,打不打麻将已无所谓了。

忆及当年,连自己都觉得不可思议:怎么会热衷于那样的东西呢?

由此可延伸到棒球、足球、滑雪等竞技运动,再到赛马、赛车等赌博活动,以及喝酒、找女朋友等。

可能以前会热情地追求女性,但是一旦失败一两次,就会感到沮丧,不会再主动出击,有没有女朋友也不在乎了。

不考虑女朋友的事情之后,也用不着讲究穿戴了,也不用花那么多钱了,精神上和经济上都变得轻松。

"为什么要只想着通过讨好女人来打发无聊的时间呢?"

如果这样想,就会觉得原先的自己很傻。

这种"不积极追求女性的习惯"也包括不积极追求性爱在内,现在亦有不少这样的年轻人。

也许有人会说:"不,性爱与之不同,因为这是人的本能。"尽管是本能,但它受人的思想支配,慢慢也会养成不做这一习惯。

当然,那样会感到轻松得多。

最近一两年,我对打高尔夫球也养成了这一习惯。

以前有段时间,我一周至少去一趟球场,去一次至少玩一轮。还会如饥似渴地读与高尔夫球有关的杂志。而现在却懒于做这些了。

接到他人的邀约时，我一般都会婉拒，只有非去不可时才少有地外出。

因为这期间太过忙碌，没有时间消遣。这样延续下来，玩不玩也就不在乎了。

有时碰到热衷于打高尔夫球的人，就觉得其行为不可思议：为何为那种东西拼命呢？

在这种状态下，上周我还是接受邀约，去了高松①打高尔夫球。

这是大王女子公开赛之前的业余爱好者赛。因比赛是我的挚友、大王造纸公司的井川会长主持的，我不能不参加。

幸好业余爱好者赛是团体赛，比分不重要。只要不给队友添麻烦，守护着队友的奋力拼搏就行。

参加这项活动有一定意义，可以弘扬奥林匹克精神。没想到我去了以后，刚开始就大幅度偏右，打到了旁边球场的球道上。

由于长期不玩，我很快得到了"报应"。

这天和我一起转悠的是今年的奖金女王、职业选手福岛晃子。

她可真有个伟丈夫的形象！本来应这样形容漂亮的男子，但她气宇轩昂，故作此形容。

她挥杆一击，球到了高尔夫球道的正中间。

---

① 地名，位于日本四国地区香川县中部。

我惊悚地看着。

这是男人还是女人？看她的气度和球艺，只能形容其为伟丈夫。

跟随她为她服务的女郎身材也很高大，是个美女。

我本来畏惧身材高大的女性，但看到两人大方而爽快的样子，觉得身材高大的女性并不坏。

先不说这些小事。最重要的团队积分竟然是负十一分，作为团体赛来说，普普通通。

晃子在竞赛中不时地咳嗽，好像是患了感冒，精力不能集中于比赛，没有充分发挥其技艺。

我对她自我吹嘘说"以前是名医"，然后让她回家后多放些蜂蜜兑热水喝，并保持房间温暖，再放个加湿器，以提高空气湿度。卧床休息极为重要，入睡前可阅读拙著《失乐园》，等等。

说的都是常识，不算是医嘱，而她却顺从地点点头，说："好！就照你说的做。"

那么，她是不是确实按我说的做了呢？

第二天看报纸，方了解到她排在第三十名左右，就这样一直提不起劲头，好像最终得了第十八名。

可能还是因为患了感冒。其后她是否遵循了我的处方呢？处方本身有没有问题呢？

自己虽做过医生，但长期不做，本领就会下降。

不，也许不是这样，而是推荐她看的书不太好。

岛清恋爱文学奖

我去了石川县①的美川町。

美川町位于北陆②金泽平原的中心,土壤肥沃,因曾是北前船③的交流之地而繁荣过。从小松机场驱车二十分钟即可到达。

附近有九谷烧④的窑厂和安宅关⑤等,海岸线也很漂亮,在北陆地区算安宁、僻静之地,宜于居住。

四年前,这座城市创设了"岛清恋爱文学奖",我因担任评委,故来参加授奖仪式。

对于这一文学奖中的"岛清"二字,一般人弄不清是什么意思。

---

① 地名,位于日本中部。
② 日本新潟、富山、石川和福井各县的总称。
③ 日本江户中期至明治初期,往返于大阪和松前之间的商品贸易船。
④ 日本石川县烧制的陶瓷器。
⑤ 地名,位于日本石川县小松市。

其实,这是岛田清次郎的名字的省略。

我想,有点文学功底的人都知道,明治三十二年(1899年),岛田清次郎就出生在这座城市。

他在幼年丧父,孤苦的母亲带着幼小的他,靠在金泽的妓院区做针线活谋生。

贫穷的他在十三岁时,得到某实业家的援助,进入东京的明治学院普通部读书。后来因与实业家争吵,他负气返乡。从那时起,他着迷于托尔斯泰、陀思妥耶夫斯基等文豪的巨著,并开始写小说。

成功不会一蹴而就。他的文学创作之路当然没有预想中那么顺利,他曾一度想自杀。

他创作了《地上》,这部作品获得当时的评论家生田长江的高度赞赏,后由新潮社印刷出版,很快就成了畅销书。他得势于此,继而出版了第二部、第三部和第四部,总销量达到五十万册。

书的主要内容是他与母亲一起在妓院区生活时的体验和感想,还描写了他与两个女性的恋爱故事。在那个文艺类刊物相对较少的年代,五十万册的销量比当今百万册以上的销量更有轰动效应。

其年仅二十一岁就成了文坛的宠儿,并开始在全国演讲旅行,走东串西,还去欧洲消遣,高兴得忘乎所以,说了不少大话,遭到了周围人的厌恶。

后来他结婚生子,孤傲与任性进一步发展,在文坛越来越被孤立。

因心态失衡,情绪焦躁,再也写不出一本像样的小说来,他痛苦而懊恼,以致精神失常。因手头拮据,他曾做出非分之事,遭到警察拘捕。

"屋漏偏逢连阴雨",此时他又患上了肺结核,生活更加放荡不羁,年仅三十一岁就归西了。他既是天才也是狂人,经历了荣光与磨难,他的一生是辉煌的一生,也是困苦的一生,令人叹息。

随着他的离世,岛田清次郎的名字慢慢被人遗忘了。到了昭和三十二年(1957年),大映株式会社将《地上》搬上了银幕。昭和三十七年(1962年),杉森久英以清次郎为原型创作的小说《天才与狂人之间》出版发行,并获得直木奖。岛田清次郎的名字再次被叫响。昭和六十二年(1987年),人们在他位于美川町的墓地上立起了"岛田清次郎文学碑"。

无须赘言,"岛清恋爱文学奖"是美川町为纪念出生于此的岛田清次郎而专门设立的。因当下知道岛田清次郎名字的人很少,故加上了"恋爱"两个字。

可以说,他创作的作品《地上》是一部娇艳的、充满感性的恋爱小说,可能是作品的真挚、新颖和热情吸引了当年众多人的心,才成了销量惊人的书。

在岛田清次郎的名字之后加上"恋爱"二字,在怀念清次郎的同时,也包含着称赞《地上》这部恋爱小说的意味。

如实说，在当下这个时代，很难再写出这样的恋爱小说了。

我这样说读者也许会觉得可笑，而现实是，真正的恋爱小说确实极少，写这种小说的作家也少。

现代小说一般是将主题内容的范围扩大，加入推理和悬念，也有加入一部分恋爱情节的，但很难找到从正面描写男女之爱本身的作品。

可以说，现代小说描绘的男女幽会都太过简单，男女之间缺少绝对的紧张感。

读一下以前的恋爱小说就会知道，早年间因战争、灾难、身份地位的差异和贫穷等原因而导致情侣被拆散的故事比比皆是。

岛田清次郎的《地上》就是把贫穷男人和富家女的身份和生活差异加工成了更加令人悲伤而惋惜的小说。

这种情愫在电影中也能见到，以前受欢迎的恋爱电影，大多是描写被第二次世界大战拆散的情侣的悲欢离合。而现在几乎没有将情侣活活拆散的客观条件。

这对于当事人来说，确实是幸福的，而对于恋爱小说和电影来说，则显得寡淡无味。

话虽如此，以前川端康成、谷崎润一郎、舟桥圣一、井上靖、水上勉、立原正秋等前辈就曾竞赛般地撰写恋爱小说，当下的衰退实在令人遗憾。

这个文学奖也带有这样的情感。

"岛清恋爱文学奖"的第一届获奖者是高树信子女士,第二届是山本道子女士,第三届是坂东真砂子女士,都是巾帼英豪,唯独本届是须眉夺魁,即野泽尚先生的《恋爱时代》获奖。

纵览历届获奖者,都是女作家领先,男性这次才突出重围。

附带说一下,《恋爱时代》是描写离婚后的一对男女仍互相吸引的故事,观点新颖,立意深远。该作品有着戏剧作品那般巧妙的会话,生动地展现出现代年轻人那暧昧的温柔。

读过这本小说的女性说:"主题很严肃,深受启发。"想不到这样的主题竟是严肃的。

好像"严肃"这个词的含义在当下有了很大的变化。

正在失乐园

前几天，我领到了今年的"流行语大奖"。

这个奖项好像是自由国民社主办的，由草柳大藏等五名评委挑选出每年最流行的词汇并予以表彰。

"失乐园"获得了今年的大奖。

附带说一下，这次上榜的流行语好像是根据五千多人的问卷调查结果而遴选出来的。

前些日子，颁奖仪式在东京会馆举行，与奖项有关的人们从四面八方汇聚而来，获奖者领奖后，分别接受记者采访。

让人感到惊奇的是厚生大臣小泉纯一郎竟端坐在场。可能是因为与"邮政三大事业"这个流行语有关而被请来的吧。

不言而喻，被称为自民党最大禁忌的邮政事业民营化，却得到了小泉先生的赞赏和推崇，他也可能是为此而登场。

颁奖仪式之后,记者采访我,我只说了一句话:"受到表彰,我非常感谢。但'失乐园'这个词语已经超越了其原本的意思。"

虽然所谓的流行热潮包括这个词语在被滥用这一点,但其超越本来的意思被随意使用还是令我想不通。

不言而喻,所谓的"失乐园"来源于亚当和夏娃被蛇蛊惑而吃了禁果,后被逐出伊甸园的故事。

这里所说的禁果是指交媾。就是说,亚当和夏娃由于享受性快乐获罪,而被逐出了伊甸园。

对于我们人来说,都背负着享受性快乐这种"原罪"。受此启发,我开始描写一对沉迷于性、相爱得简直要发疯的男女情侣,并以"失乐园"来命名,这便是我创作的初衷。

换一种观点看,这是对自然活着的人唱赞歌,但它必须是激烈燃烧的、死也不怕的、绝对的爱。

令人遗憾的是,"失乐园"这个词最近正在被滥用,连一些婚外情和轻微的偷情也被冠以"失乐园",难免使人厌烦。

我想大声疾呼:"这个词不要轻易地用!"也许这样说仍不尽意。

我听某个人说过,好像评委会的解说词中也有着相应的评判:最近"正在失乐园"这个词,被当作"违背人伦"的同义词而被滥用。

比如不说"那个太太违背了人伦",而说成"那个太太正在失乐园"。

"违背人伦"这个词原先用得较多,指的是有悖于人道和伦理,当然,这种用法有点陈旧且太过夸张,甚至有点污秽不洁。

且不论江户时代和明治时代怎么使用,在现代,这种用法是不合适的。

我以前曾和高树伸子女士对谈,探讨有没有取代"违背人伦"的好词汇,可惜没找到恰当的。

高树女士曾建议试用"二心"这个词,语感虽美,但可惜用起来很难。

我创作小说时,想避开"违背人伦",用个比较恰当的新词。

思来想去,不知不觉地用起了"失乐园"这个词。

也许是自吹自擂,当别人说起"正在失乐园",我认为比较具有现代色彩,也合乎情调。

当然,语言是自由的。如果因语言被随意滥用而发牢骚,那就可能是发错火了。

有个五十来岁的男性来信说:"多亏你用了'失乐园'这个词,使我的心情变得相当舒畅。"我是接到他的信后,才感悟到这一点的。

他好像在和一个比他小一旬的女性谈恋爱,被周围的人发现后,因担心有人说他"违背人伦"而感到不知所措。

结果这事儿被人说成"正在失乐园",他自己感到轻松了不少,心情也变得相当舒畅了。

我真没想到,人的情绪会因为语言的使用而发生变化。

黑木瞳女士曾在授奖仪式上表态说:"我认为语言的力量是了不起的。"

后记

这本随笔集是由我于一九九六年六月至一九九七年十二月发表在《周刊现代》上的随笔汇集而成的。

这期间,我正在整理连载小说《失乐园》,准备以单行本的形式出版发行。

因此,这本随笔集也涉及小说《失乐园》的各种问题。

回顾一下,去年二月份,我发表《失乐园》后,引起了很大的社会反响,并承蒙很多人争相阅读。

但其后与之相关的杂事有很多,顾此失彼,去年一年,我没有出新书。

《风云系列》作为系列作品,一般每年初夏时出版,之前已出过五册,去年因故没有出版,算是间隔了一年。

这次收录在本书中的随笔,大多是一九九六年至一九九七年间所写的,也含有一些过去所写的。正因如此,能看出来这段时间的一些变化,或许有着相应的雅趣。

且不谈之前的社会反响,我准备从今夏开始再创作新的连载小说。

在开启新旅程之际,自认为当下出版的这本书对我来说是最熟悉的随笔集,具有一定的里程碑意义。

最后说一件私事,今年六月中旬,我的文学馆将在故乡札幌开馆。

这个文学馆是我多年的好友井川高雄鼎力创办的,也可以说是靠一个好的理解者尽心援助而落成的。既然已落成,就想办成一个独具特色的、充满生机的瑰丽的文学馆。

如果读者有机会去札幌顺访鄙馆,本人将感到荣幸之至。

渡边淳一

一九九八年五月